Der Wechsel-Killer

STEFAN WETTKE

Der Wechsel-Killer

Stadt der Angst

Bibliografische Information der Deutschen Nationalbibliothek:
Die Deutsche Nationalbibliothek verzeichnet diese Publikation in der Deutschen Nationalbibliografie; detaillierte bibliografische Daten sind im Internet über dnb.d-nb.de abrufbar.

TWENTYSIX
Eine Marke der Books on Demand GmbH

© 2023 Stefan Wettke
Coverbild: Ivankmit – depositphotos.com

Satz, Umschlaggestaltung, Herstellung und Verlag:
BoD – Books on Demand, Norderstedt

ISBN: 978-3-7407-2671-3

Kansas, mittlerer Westen der USA

Arthur Stoler war bereits tot. Er wusste es nur noch nicht.
Die Luft flirrte. Es war schon Abend und die Sonne versank langsam. Dennoch war es drückend heiß.
Stoler nahm die Mütze ab und fuhr sich mit der Hand über die feuchte Stirn.
Diese verdammte Hitzewelle dauerte nun schon einen Monat.
Der Mais um ihn herum, der über zwei Meter hoch stand, sah bereits erschreckend verdorrt aus. Er machte sich Sorgen um die Ernte der Bauern. Auch wenn es ihm eigentlich egal sein konnte.
Nach ein paar Sekunden drehte er sich um. Viel eher sollte er sich vielleicht Gedanken darüber machen, wie er hier wegkam.
Der Wagen war nicht mehr angesprungen, nachdem er von seinem Termin bei der Farm zurückgekehrt war. Nicht einen Laut hatte der Motor von sich gegeben.
Durchaus merkwürdig. Das Auto war vor nicht einmal einer Woche in der Inspektion gewesen und Ted hatte ihm gesagt alles wäre bestens. Er sah den Toyota hinter sich im Mais stehen. Direkt gegenüber der Farmzufahrt.
Er würde ein ernstes Wörtchen mit Ted reden müssen, vielleicht sogar sein Geld zurückverlangen. Aber dazu musste er erst einmal hier weg.
Die Straße vor ihm führte in mehreren Bögen hinunter zur Stadt. Stoler sah den Asphalt, der sich wie eine Schlange durch das Meer aus Maispflanzen wand. Am Horizont zuckte das grandiose Schauspiel eines Hitzegewitters.

Hoffentlich brachte es ein wenig Abkühlung.

Die Stadt vor ihm lag in einer natürlichen Senke. Auf der anderen Seite thronte martialisch das Marser-Schlachthaus auf einem Hügel. Die Außenbeleuchtung des Parkplatzes war bereits zu dieser Tageszeit eingeschaltet, das konnte er sehen. Aber auch das war nicht sein Problem.

In Gedanken überschlug er die Entfernung. Wenn er der Straße folgte, würde er vermutlich eine Stunde brauchen.

Weit schneller ging es, wenn er direkt durch den Mais abkürzte.

Die Straße machte einen weiten Bogen. Wenn er geradeaus durch den Mais ging, kam er vermutlich in der Hälfte der Zeit hinunter zum Bachbett des Alpino Creek. Und von dort aus noch einmal fünf Minuten bis zu den ersten Häusern.

Er dachte nicht weiter darüber nach und tauchte in den Ozean aus Stängeln ein. Er war hier aufgewachsen, kannte die Gegend wie seine Westentasche.

Nachdem er ein paar Minuten unterwegs war, hörte er hinter sich den Motor eines Autos die Straße zur Farm hinaufkommen. Sehen konnte er es nicht. Es war ein weißer Pick-up und gehörte Clive Drechsler, dem Inhaber der örtlichen Tankstelle.

Clive wunderte sich noch über den Toyota, der da im Mais geparkt war. Ihm fiel ansonsten jedoch nichts Verdächtiges auf. Er sah niemanden in der Nähe des Fahrzeugs und dachte sich nichts weiter dabei.

Diesen Eindruck sollte er ein paar Tage später bei der Polizei wiederholen.

Er konnte nicht ahnen, dass der Motor seines Pick-up das letzte Geräusch der Zivilisation war, das Arthur Stoler in seinem Leben hören würde.

Ein paar Stunden später brach die Nacht über Alpino Falls herein.

Alpino Falls

Robert Tench schlug die Decke zurück und schälte sich mühsam aus dem Bett. Seine Frau schlief noch.
Er zog sich so leise er konnte an. Dann ging er auf den Flur und warf einen Blick in die Kinderzimmer. Sowohl Caty als auch Glenn ruhten noch friedlich.
Er ging nach unten und machte sich Kaffee, warf zwei Stück Zucker in die Tasse und goss etwas Milch hinzu. Anschließend trat er mit der Tasse in der Hand auf die Veranda hinaus.
Ihr Haus befand sich direkt am Stadtrand. Da es auf einem kleinen Hügel lag, konnte Tench jeden Morgen das beeindruckende Schauspiel bewundern, wenn die Sonne über den riesigen Maisfeldern aufging.
Tatsächlich erinnerte es ihn jedes Mal ein bisschen an einen Sonnenaufgang über dem Meer. Allerdings ohne die erfrischende Brise und die angenehme, salzige Luft, die dazu gehörte.
Bereits jetzt zeigte das Thermometer neben der Tür 15 Grad Celsius an. Und der Tag würde noch viel heißer werden. Es war gerade einmal 6 Uhr morgens.
Genüsslich nahm Tench einen Schluck. Im Anschluss setzte er sich mit der Tasse in einen alten Liegestuhl und genoss die ersten Strahlen des Tages.
Wieder war keine einzige Wolke am Himmel zu sehen. Wieder würde es keinen Regen geben.
Er trank aus und nahm sich in der Küche einen Bagel, bevor er das Haus verließ.

Der Streifenwagen stand wie immer in der Einfahrt. Er überprüfte noch einmal seine Uniform, dann stieg er ein.

Auf der Fahrt zum Revier gab er sich wohlig der Einsamkeit der ruhigen morgendlichen Straßen hin. Das hier war seine Stadt, sein Zuständigkeitsbereich. Sieben Jahre war es nun her, dass ihn die Bürger von Alpino Falls zum Sheriff gewählt hatten. Eine insgesamt schöne Zeit.

Und offenbar waren sie mit seiner Arbeit zufrieden. Viel gab es zwar meist nicht zu tun.

Zumindest empfand er das nach zehn Jahren örtlicher Abwesenheit als Polizist in Wichita so. Aber die Leute waren freundlich und honorierten das, was er tat.

Es war doch die richtige Entscheidung gewesen, hierher zurück zu kommen.

Langsam schlängelte er sich mit dem Streifenwagen durch die Stadt und parkte schließlich vor dem Revier.

Bill Katten war bereits im Büro, das erkannte er schon an dem roten Chrysler mit den auffälligen und auf Hochglanz polierten Felgen auf dem Parkplatz.

Sein Deputy begrüßte ihn mit einem gut gelaunten »Morgen Robert. Gut geschlafen? Sie sehen noch ein bisschen übernächtigt aus«.

»Morgen Bill«, antwortete Tench nur, ohne auf die Frage einzugehen. Katten stellte sie ohnehin fast jeden Morgen.

»Irgendetwas Aufregendes bisher?«

Katten schüttelte den Kopf.

»Nein.«

Und das war auch tatsächlich so, sollte sich jedoch zwei Stunden später auf dramatische Weise ändern.

Der Anruf kam um kurz nach halb neun.

Eine hysterische Frauenstimme, die ins Telefon kreischte und behauptete, ihre Kinder hätten in der Nähe der Hicksen-Farm eine Leiche entdeckt.

Katten, der den Anruf entgegen nahm, war zunächst misstrauisch. Scherzanrufe waren bei ihnen keine Seltenheit. Die Jugend der Stadt liebte es, sie hin und wieder mit Streichen und Witzen zum Narren zu halten.

Aber als er in der hysterischen Stimme die Frau des Reverend erkannte, wurde er schlagartig ernst.

»Ja, Mrs. Willard. Ja, wir kommen sofort.«

»Was ist denn los?«, wollte Tench wissen.

Katten machte ein verblüfftes Gesicht.

»Wenn das stimmt, was mir gerade erzählt wurde, haben wir eine Leiche. Vermutlich Mord. Kannst du dich erinnern, wann wir das letzte Mal ein Gewaltverbrechen hatten?«

»Nein.«

»Ich auch nicht.«

»Warten wir erst einmal ab. Vielleicht auch nur falscher Alarm.«

»Ich glaube nicht. Die Frau klang ziemlich außer sich.«

»Wohin müssen wir?«

»Hicksen-Farm.«

»Ich sage Frank, dass wir aufbrechen. Er ist noch nicht da.«

»In Ordnung.«

Frank Muler war Tenchs zweiter Deputy. Aber der Unterschied zu Katten hätte größer kaum sein können. Wo Katten pflichtbewusst und diensteifrig war, war Muler faul und bisweilen regelrecht unfähig. Tench hatte sogar schon das ein oder andere Mal darüber nachgedacht, ihn zu entlassen und sich jemand fähigeren zu suchen, aber er brachte es nicht über sich.

Muler hatte das Herz schon am rechten Fleck und Tench wusste außerdem, dass er mit seinem Gehalt seine arbeitslose Schwester und kranke Mutter unterstützen musste. Es war Tenchs Chance, die Welt zumindest ein bisschen zu einem besseren Ort zu machen.

Jedenfalls sah er es so.

Und ohnehin fingen er und der gutmütige Katten Mulers Fehler mühelos auf.

Gewöhnlich ließen sie ihn Telefondienst machen oder den Schreibkram erledigen. Hier konnte er keinen großen Schaden anrichten. Während sie den Außendienst besorgten. Wie auch heute.

Sie nahmen Tenchs Wagen und fuhren los. Die Hicksen-Farm lag etwas außerhalb der Stadt.

Ganz in der Nähe der alten indianischen Kultstätte.

Mehrere große Felsen befanden sich dort. Zu früheren Zeiten waren die Indianer dort zusammen gekommen. Heute kamen allenfalls noch ab und zu verirrte Touristen.

Eigentlich kaum verwunderlich. Das Gelände war schlecht beschildert und es gab auch keinen Parkplatz. Ganz zu schweigen von einem Hinweisschild auf dem Highway. Und die Steine waren zudem mit der Zeit von einem kleinen Wäldchen umschlossen worden. Also konnte sie auch niemand zufällig von der Straße aus sehen.

Alles Faktoren, die dazu beigetragen hatten, dass der Ort beinahe vergessen worden war. Tench selbst war bei einem Ausflug eher zufällig einmal auf die Ansammlung gestoßen.

Sie ließen die Stadt hinter sich und bogen an einer Kreuzung im Mais links ab. Bis zur Ernte waren es noch gut zwei Wochen. Allerdings sahen die Stängel fürchterlich aus.

Tench konnte sich nicht erinnern, dass um diese Jahreszeit schon einmal so wenig Regen gefallen war.

Er hörte, wie Katten auf dem Beifahrersitz etwas Ähnliches vor sich hin brummte.

Dann waren sie auch schon da. Er konnte zwei Autos vor sich sehen. Ein Toyota, der im Mais stand. Auf der anderen Straßenseite ein gelber Ford Kombi. Und daneben eine Frau mit drei Kindern.

Tench erkannte die Frau des Reverend sofort.

Sie parkten direkt vor ihrem Wagen.

Als sie in die Morgenluft hinausstiegen, spürte Tench sofort, dass das Thermometer schon wieder einige Grad geklettert war. Die Frau bugsierte ihre Kinder auf den Rücksitz des Ford und ging dann mit ihnen hinüber zur anderen Straßenseite.

Erst jetzt wechselten sie überhaupt ein Wort.

»Guten Morgen Mrs. Willard«, sagte Tench. »Mein Deputy hat mich schon ins Bild gesetzt.«

Er konnte sehen, dass die Frau sich bemühte, nicht zu weinen. Ihre sonnengegerbte Haut wirkte blass. Die Augen waren gerötet.

»Es …, es ist dort hinten«, sagte sie und deutete Richtung Stadt. »Ein bisschen unterhalb der Kultstätte im Mais. Ich …«, sie schluchzte. »Ich wollte den Kindern die Indianerfelsen zeigen. Sie haben dort gespielt. Kyle ist in den Mais gelaufen und …«, sie schluchzte wieder.

»Ist schon okay«, sagte Tench und berührte sie an der Schulter.

»Bill, Sie bleiben hier. Ich sehe mir das an.«

Sein Deputy nickte.

Tench ging zu dem Toyota und hörte noch die Worte »Kommen Sie Mrs. Willard. Möchten Sie einen Schluck Wasser?« hinter sich. Dann war er bei dem Wagen angelangt.

Er spähte ins Innere.

Ein paar leere Getränkedosen lagen im Fußraum auf der Beifahrerseite. Ansonsten sah er nichts.

Er ging los in Richtung der Baumgruppe, wo sich die Felsen befanden. Nachdem er sich ein paar Minuten durch den Mais geschlängelt hatte, tauchte er in den Schatten der Bäume ein.

Hier war es noch kühl.

Ein leichter Wind wehte und der Mais wisperte. Die Felsen lagen ein wenig höher als das restliche Gelände.

Suchend sah er sich um. Dann entdeckte er nicht weit entfernt eine Lichtung im Mais. Auf ein paar Metern waren die Stängel abgeknickt worden. Das musste der Ort sein.

Er ging darauf zu. Schon jetzt beobachtete er genau seine Umgebung. Er suchte den Boden nach Hinweisen ab. Der Zustand der Frau ließ ihn nicht daran zweifeln, dass da vorne wirklich irgendwo eine Leiche im Mais liegen musste.

Er tauchte wieder in das gelb-braune Meer ein. Die Stängel überragten ihn um gut einen halben Meter. Und dann war er da. Plötzlich, unvermittelt.

Er zuckte reflexartig zusammen. Das, was er sah, war grotesk.

Kansas, mittlerer Westen der USA, ungefähr 300 Kilometer entfernt

Nathan Grant nahm die Abfahrt vom Highway und steuerte den weißen Mitsubishi an die erste Zapfsäule der Tankstelle.

Er benötigte Benzin. Aber nicht nur das. Er hatte Hunger und brauchte etwas zum wach werden. Seit unzähligen Stunden war er mittlerweile unterwegs. Der Morgen war schön und die Sonne warm und stark.

Er hatte im Auto geschlafen. Mehr unfreiwillig als geplant. Eigentlich hatte er vorgehabt, die Nacht durch zu fahren. Wenig Verkehr auf den Straßen, die Ruhe und Weite der Landschaft ganz für sich allein. Aber gegen 2 Uhr war er einfach zu müde geworden.

Und so war er vom Highway abgebogen und hatte das Auto kurz entschlossen in einem Vorort in einem Wohngebiet abgestellt.

Er tankte voll und stellte den Wagen anschließend auf dem Parkplatz ab.

In der Tankstelle bezahlte er und gönnte sich ein Frühstück mit Eiern, Toast, Orangensaft und Kaffee.

Als der Teller halb leer und der Hunger gestillt war, begannen seine Gedanken sich wieder mit dem Ziel seines Roadtrips nach Westen zu beschäftigen. Zwei Wochen Urlaub hatte der Commissioner ihm gegönnt.

Er hatte überlegt in die Heimat nach Maine oder ins östliche Kanada zu fahren. Einfach ein paar Tage lang wandern, angeln und die Natur und Einsamkeit genießen.

Aber dann war er durch eine mitternächtliche Reportage im Fernsehen auf die Idee verfallen, den Kontinent zu durchqueren und hatte als sein Ziel Vancouver Island auserkoren. Und auf dem Weg einen Stopp bei

Tante Cassandra einlegen. Er hatte sie seit Jahren nicht gesehen. Ansonsten hätte er vermutlich eine Route weiter nördlich gewählt. Aber jetzt war er hier und genoss es genauso.

Er beendete sein Frühstück und setzte sich wieder ins Auto. Ein kleines, genügsames Modell. Auf dem Rücksitz lagen seine Tasche und ein paar andere Habseligkeiten. Er überprüfte das Navigationssystem. Dann fuhr er zurück auf den Highway.

Alpino Falls

Tench stand wieder an exakt der gleichen Stelle.
Es war der Ort, von dem aus er die Leiche im Mais das erste Mal gesehen hatte.
Aber mittlerweile hatte sich die Umgebung in das geschäftige Szenario eines Tatorts verwandelt.
Die Sonne stieg immer höher.
Er fragte sich, wie lange der tote Körper schon hier draußen liegen mochte. Es konnte noch nicht lange sein, denn bei den Tagestemperaturen sähe die Leiche nach einem Tag eindeutig nicht mehr so frisch aus. Er war sich ziemlich sicher, dass es nur in der Nacht oder maximal am vorherigen Abend geschehen sein konnte. Aber für genaue Informationen musste er auf den Bericht warten.
Er sah nach links.
Die Leiche lag immer noch an Ort und Stelle. Oder vielleicht sollte er besser sagen, sie hing. Der Körper hing in der Luft.
Er wurde gehalten von mehreren Pflöcken unter ihm. Es sah fast aus, als läge er auf einem riesigen Nadelkissen.
Nur, dass die Pflöcke auf der Vorderseite des Körpers wieder aus Brust, Bauch und Beinen hervorragten.
Der Kopf dagegen war obszön nach hinten gekippt und badete im Morgenlicht.
Ein Mitglied der Spurensicherung schob sich gerade an ihm vorbei. Die ganze Lichtung im Mais war mit Absperrband gesichert. Überall markierten kleine Schilder Fundorte von Beweismitteln.

Auch um den weißen Toyota schwirrten die Beamten wie Bienen herum. Tench konnte sich nur schwer von dem Anblick losreißen.

Er begutachtete die Umgebung. Immer wieder blieben seine Gedanken an der Lichtung hängen. Warum war hier eine ovale Lichtung in den Mais getrampelt worden?

Und warum war die Leiche hier auf diese Weise arrangiert? Wollte der Mörder, dass es wie eine rituelle Tat aussah? Sollte sich vielleicht sogar ein Zusammenhang mit der Indianerstätte in der Nähe aufdrängen?

Er schüttelte den Kopf.

Ihm taten die Kinder und die Frau des Reverend leid. Sie würden diesen Anblick wohl nie mehr vergessen. Und auch er selbst musste sich eingestehen, dass er so etwas in seinen Jahren als Polizist noch nicht gesehen hatte.

Ihm fiel wirklich kein anderes Wort dafür ein. Es war schlicht und einfach nur grotesk. Mit Bauchschmerzen dachte er daran, was dieses Ereignis mit Alpino Falls anstellen würde. Die nächsten Tage würden unangenehm werden.

Er ging zurück zur Straße, wobei er kurz bei den Indianerfelsen Halt machte. Die Spurensicherung hatte hier einen Teil ihrer Ausrüstung abgestellt.

Katten kam ihm auf halbem Weg entgegen.

»Die Halter-Abfrage hat ergeben, dass die Leiche auch der Besitzer des Wagens ist. Arthur Stoler.«

Katten klang so, als müsste Tench wissen, wer der Mann war. Unbehagen stieg in ihm auf.

»Ein Ortsansässiger?«

»Ja.«

»Scheiße.«

Kansas, mittlerer Westen der USA

Es war früher Nachmittag, als das Ortsschild schließlich vor ihm auftauchte. Fast hatte er den Namen der Stadt schon wieder vergessen. Richtig, Alpino Falls. Das war er. Es klang irgendwie wie ein Luxus-Resort für Superreiche.

Er musste grinsen. Schon früher hatte sich ihm diese Assoziation immer wieder aufgedrängt.

Auch wenn die Stadt wirklich nicht danach aussah. Die typisch amerikanische Kleinstadt öffnete ihm ihre Pforten. Er war seit Ewigkeiten nicht mehr hier gewesen.

Tante Cassandra und er schrieben sich zwar hin und wieder. Aber viel mehr auch nicht. Grant konnte kaum sagen, ob seine Tante ihn wirklich mochte, oder ob sie ihm nur aus verwandtschaftlichem Pflichtgefühl antwortete.

Nun gut. Allzu lange würde er ihr ja ohnehin nicht auf die Nerven gehen. Einen Tag, maximal zwei. Es war nur eine Durchgangsstation. Dann würde es weitergehen.

Er sah nach links und rechts.

Nein, die Bezeichnung Luxus-Resort verdiente die Stadt wirklich nicht. Allerdings war die Main Street mit ihren Läden und Grünanlagen hübsch zurecht gemacht.

Als immer mehr und mehr Häuser an ihm vorbeizogen, begann er nach der richtigen Abzweigung zu suchen. Verflucht, er erinnerte sich an fast nichts.

Eine Sekunde streiften seine Augen das Navigationsgerät. Da er immer nur an ihr Postfach schrieb, hatte er nicht einmal eine Adresse.

Er hatte sich darauf verlassen, dass er in dem kleinen Nest die richtige Straße schon finden würde.

Was sich jetzt jedoch schwieriger gestaltete als angenommen.

Eine Metzgerei, ein Bäckerladen und eine kleine Boutique zogen an ihm vorbei. Nein, das Navigationsgerät war nutzlos. Er schüttelte den Kopf. Dann setzte er den Blinker und bog ab.

Aber es war die falsche Entscheidung. Das merkte er nach zwei weiteren Minuten Fahrt. Verdammt. So groß hatte er dieses Nest gar nicht in Erinnerung. Seufzend wendete er.

So ging es eine ganze Zeit lang weiter. Er arbeitete sich mehr oder weniger kreuz und quer durch die Straßen. Im Grunde genommen aufs Geratewohl und nach dem Versuch und Irrtum Prinzip.

Dass ihn diese Taktik schließlich dann doch in relativ kurzer Zeit zum Ziel führte, war wohl eher dem Zufall geschuldet. Aber eine Viertelstunde später hielt er vor dem himmelblau gestrichenen Haus seiner Tante an.

Er stieg aus und erklomm die Stufen zur Vordertür. Das Haus lag auf einer Anhöhe. Eine Wohnsiedlung mit kleinen Bauten und großen Gärten erstreckte sich rundum. Erst jetzt erkannte er etliche Details wieder.

Die hässliche Bronze-Statue im Nachbargarten. Das Windspiel auf der gegenüberliegenden Straßenseite. Die große Schwarz-Pappel im Vorgarten. Alle Anwesen wirkten samt und sonders extrem gepflegt.

Kurz streifte sein Blick den Horizont. Dann runzelte er die Stirn. Irgendetwas musste jenseits der Stadtgrenzen los sein, denn in den Hügeln im Südosten sah er die Blaulichter mehrerer Streifenwagen im Mais zucken.

Noch einen Augenblick lang verfolgte er das Schauspiel. Dann klopfte er. Es klang dumpf und bedrohlich. Seine Tante hatte keine Klingel.

Neumodischer Schnickschnack wäre wohl ihre Antwort. Obwohl das Haus früher, daran erinnerte er sich genau, eine besessen hatte.

Einen Augenblick lang passierte nichts. Aber dann fiel ein Schatten auf die Tür.

Als das windige Gebilde halb offen stand, schnarrte seine Tante ihn bereits an:

»Da bist du ja«, sagte sie. An ihrer Stimme war nicht zu hören, ob sie sich freute oder nicht.

»Hallo Tante Cassandra.«

Sie trat auf ihn zu und umarmte ihn. Auch wenn sie ein bisschen verschroben und eigen war, mochte Grant sie sehr. Sie war eine der wenigen Brücken zu seiner Vergangenheit, die ihm geblieben waren. Ihre Familie war ohnehin noch nie sonderlich groß gewesen.

»Du hast lange gebraucht«, stellte sie fest.

»Es ist ja auch eine große Entfernung Cassandra.«

»Na gut, komm rein.« Sie lächelte das erste Mal.

»Schön, dass du da bist. Aber mach dir keine Hoffnungen. Mehr als die Couch kann ich dir nicht anbieten. Das Haus ist nicht groß und Gunther schläft im Gästezimmer.«

Grant trat über die Schwelle und machte ein überraschtes Gesicht.

»Habt ihr euch gestritten?«

Seine Tante zog die Augenbrauen hoch. Einen Moment lang sah sie ihn verblüfft an. Dann prustete sie los.

»Nein, nein. Keine Spur. Der Mistkerl schnarcht nur wie ein Nilpferd. Das weißt du doch. In den letzten Jahren ist es immer schlimmer geworden. Ich konnte fast keine Nacht mehr durchschlafen. Und schließlich habe ich ihn ausquartieren müssen.«

Sie machte eine Pause und überlegte.

»Eigentlich glaube ich aber, dass er sogar ganz glücklich mit diesem Arrangement ist, da er sowieso oft bis spät in die Nacht auf den Beinen ist. Er ist gerade einkaufen. Auch das erledigt er gerne allein. Ich glaube er steht ein wenig auf die Verkäuferin in der Mini-Mall.« Sie zwinkerte ihm zu. Dann lachte sie wieder.

»Aber diesen kleinen Flirt gönne ich ihm. Jetzt komm erst einmal rein und mach es dir bequem. Was darf ich dir zu trinken anbieten?«

Grant stellte seine Tasche neben der Wohnzimmercouch ab. Es würde ja ohnehin sein Nachtlager werden.

Seit seinem letzten Besuch hatte sich wenig bis gar nichts verändert. Die gleiche Kombination aus schweren Möbeln und Steppdecken bestimmte die Einrichtung. Einige schwere Ölschinken hingen an den Wänden.

»Für mich reicht ein Bier, Cassandra. Du weißt doch, ich bin nicht sonderlich kompliziert.«

»Ja, ich weiß, immer noch der Alte.« Sie seufzte.

»Ich glaube, du kommst sehr nach deiner Mutter. Das habe ich immer schon gesagt.«

»Hm«, Grant grinste, »ist das jetzt gut oder schlecht?«

Auch seine Tante grinste vielsagend.

»Such es dir aus. In einem Bereich vielleicht ja, im anderen nein. Ich habe zum Beispiel immer ihre Art in Bezug auf Kleidung gehasst. Immer alles nur möglichst einfach und funktional. Das hast du auf jeden Fall von ihr.«

Grant blickte an sich herunter.

Er trug Jeans, T-Shirt und dunkle Turnschuhe.

»Was ist daran verkehrt?«

»Siehst du«, seine Tante lachte wieder, »genau das habe ich gemeint. Und wenn du dich da schon nicht geändert hast, spare ich mir wohl auch besser gleich alle Fragen in Bezug auf dein Privatleben.«

Sie zwinkerte ihm zu.

»Geh schon mal vor auf die Terrasse. Ich komme gleich.« Sie trippelte in Richtung Küche davon.

»In Ordnung.«

Draußen angekommen genoss Grant den Wind, der gerade ein wenig Abkühlung brachte. Über der Terrasse aus Naturstein war eine große Markise gespannt, die im Wind flatterte. Abgesehen von ein paar weiteren Häusern lag Tante Cassandras Haus ziemlich am Stadtrand. Das Gelände vor ihm stieg an. Und wie könnte es anders sein, ging es nach den letzten Häusern in Maisfelder über.

Auf dem Tisch stand ein Krug Wasser mit Eis.

»Hier dein Bier«, hörte er plötzlich Cassandras Stimme wieder hinter sich. Er drehte sich um und nahm ihr die gekühlte Flasche ab. Sie war eigenartig geformt. Braun und mit erhabener Struktur, die wie irgendwelche Kacheln oder Felsquader anmutete.

»Peruanisches Bier«, erklärte seine Tante.
»Hat Gunther entdeckt.«
Sie setzten sich.
Ein paar Sekunden lang sagte keiner von ihnen etwas.
»Also immer noch nichts Neues an der Liebes-Front? Um das Thema noch einmal aufzugreifen«, fragte Cassandra schließlich.
»Nein. Und da wird es auch nichts geben. Wann begreift ihr das endlich?«
»Schon gut. Fragen wird ja wohl noch erlaubt sein, oder?« Sie hob abwehrend die Hände.
»Immer noch? Nach all den Jahren?«
»Das Thema interessiert eben.« Sie nahm einen Schluck von ihrem Drink.
»Ich glaube auch in dieser Sache bist du so prinzipientreu wie deine Mutter.«
»Das ist kein Prinzip«, gab Grant zurück.
Die Problematik war hinlänglich bekannt. Keiner in seiner Familie konnte verstehen, dass er sich nach Sarahs Tod keiner neuen Beziehung mehr öffnen wollte, noch nicht einmal Sex.
»Du bist wie ein Mönch«, sagten manche zu ihm. Und damit hatten sie vielleicht sogar recht. Aber Grant spürte, dass er nie wieder für eine Frau so empfinden würde wie für Sarah. Sie waren füreinander bestimmt gewesen, das spürte er tief in sich. Und wenn sie das Schicksal nicht beisammen lassen wollte, wollte er eben auch niemand anderen haben. Er hatte sich ans allein sein gewöhnt und die Erinnerungen an ihre gemeinsame Zeit waren so unglaublich glücklich und so präsent, dass er ein Leben lang davon zehren konnte.

Bis sie sich im nächsten vielleicht wieder begegneten und vereint sein konnten.

Möglicherweise war es eine zu romantische Vorstellung. Aber in seinem Herzen wohnte nichts anderes. Er fand Kraft und Glück, wenn er alleine in der Natur war, reiste viel und mochte seine Arbeit. Und er kam gut mit sich selbst klar. Etwas, dass außer ihm aber offenbar keiner verstehen konnte. Wie dem auch sei. Was andere über ihn dachten, war ihm irgendwie schon immer gleichgültig gewesen. Wieso sich darüber den Kopf zerbrechen, was ...

Seine Gedanken wurden abrupt beendet, als er bemerkte, dass er auch von der Terrasse aus die Blaulichter in den Maisfeldern sehen konnte.

»Was ist da eigentlich los?«, wollte er von seiner Tante wissen.

Alpino Falls

Tench schlang sein Essen gierig hinunter. Frikadellen mit Kartoffelbrei. Dazu einen gemischten Salat. Er aß alleine zu Mittag.

Die Ruhe half ihm jedes Mal, ein bisschen Abstand von den Dingen zu gewinnen. Natürlich ging er auch hin und wieder mit Katten oder Muler zum Lunch. Aber er bevorzugte es eindeutig nicht.

Schon oft hatte er durch die gemütliche Atmosphäre in Jack´s Diner die ein oder andere Einsicht in einen Fall erlangt, die ihm zuvor verborgen geblieben war.

Von daher war es auch von nicht zu unterschätzendem beruflichen Interesse.

Außerdem schmeckten die Gerichte hervorragend und die Portionen waren reichlich.

Er bestellte sich noch ein Bier. Draußen war es mittlerweile drückend heiß geworden. Es kam prompt und er leerte das Glas in wenigen Zügen.

Dann wandte er sich dem Nachtisch zu. Er orderte einen großen Eisbecher mit Früchten. Das kühle Gefühl von Eis und Bier würde zwar nicht lange halten, aber in der Hitze war ihm jedes Sinnbild der Abkühlung mehr als willkommen.

Nachdem er sein Mahl beendet hatte, stürzte er sich wieder in den Glutofen, der jenseits des klimatisierten Restaurants auf ihn wartete. Er setzte sich in seinen in der Hitze brütenden Streifenwagen und fuhr die Strecke zurück zur Hicksen-Farm.

Die Klimaanlage hatte die Temperatur kaum gesenkt, als er den Wagen schon wieder in der Farmzufahrt ausschalten musste.

Tench stieg aus und sah sich um.

Die Hicksen-Farm befand sich auf der anderen Seite des Hügels, wo man die Leiche entdeckt hatte. Man konnte die Farm von der Straße jedoch kaum sehen.

Der Weg dorthin war abschüssig und bestand aus einer breiten Schotterpiste. Staub wehte gerade darüber. Er hätte die Strecke auch fahren können, aber er wollte sich einen Eindruck von der Umgebung verschaffen.

Der Weg führte erst eine Zeit lang geradeaus und wand sich dann den Hügel hinunter zu den Gebäuden. Tench hörte die Laute von Kühen und irgendwo das Geräusch eines Traktors.

Dann war er beim Wohnhaus angekommen. Ein Hund, der an einer der Scheunen angebunden war, fing bei seinem Eintreffen aggressiv zu bellen an.

Er musterte ihn eine Zeit lang, dann klopfte er an eine windig aussehende Fliegengitter-Tür.

Ein paar Sekunden später hörte er Schritte auf dem Gang dahinter.

»Ist ja gut, Trudy«, rief eine Frauenstimme.

Es sollte wohl der Hund gemeint sein. Aber der ließ sich nicht beeindrucken und kläffte einfach weiter.

Eine massige Gestalt erschien im Türrahmen.

»Ja, was wollen Sie?« Im nächsten Moment erkannte Flora Hicksen den Sheriff. Sofort veränderte sich ihr Tonfall.

»Oh Tench, das tut mir sehr leid. Ich habe nicht bemerkt, dass du es bist.« Sie öffnete ihm die Tür.

Tench sah, dass ihr Blick über ihn hinweg huschte.

»Wo ist dein Auto?«

»In der Zufahrt geparkt. Habe mir ein bisschen die Beine vertreten. Ist Dent auch da?«

»Im Garten«, antwortete Flora.

Sie ließ ihn eintreten und führte ihn durch das Haus. Tench nahm den Geruch von Schmorbraten und Kartoffeln wahr.

»Was war denn heute Morgen los? Ich habe die Blaulichter gesehen und wollte nachsehen, aber Dent hat gemeint, das geht uns nichts an.«

Tench überlegte einen Augenblick.

Wie viel sollte er ihr sagen? Sie war eine direkte Anwohnerin. Vermutlich sollte sie um die Gefahr wissen, die womöglich innerhalb der Stadtgrenzen lauerte. Schon allein deshalb, weil nicht einmal 400 Meter vor ihrer Haustür ein Mann bestialisch abgeschlachtet worden war. Auf der anderen Seite würde er die arme Frau vielleicht nur unnötig in Angst und Schrecken versetzen, wenn der Täter längst weitergezogen war.

Er rang sich zu einer Entscheidung durch und holte tief Luft. Die Hicksens würden die Nachricht sowieso erfahren. Der Buschfunk in Alpino Falls funktionierte hervorragend. Eines der wenigen Dinge, die das hier taten. Da konnte er ihr auch gleich reinen Wein einschenken.

Besser, als wenn sie wilde Gerüchte aus der Stadt hörte. Er kannte seine Kandidaten für derlei Tratsch.

»Ein Mann ist in den Maisfeldern ermordet worden.«

Flora schlug entsetzt die Hand vor den Mund.

»Oh mein Gott.«

Sie waren im Garten hinter dem Haus angekommen. Floras Mann Dent schraubte in einer Ecke an der Tür des Hühnerstalls herum.

»Haben du oder Dent die letzte Nacht oder den Abend davor etwas Verdächtiges bemerkt? Der Wagen des Mannes stand halb im Mais. Die Stelle liegt ganz in der Nähe der Straße. Vielleicht seid ihr zufällig vorbeigefahren.«

»Nicht, dass ich wüsste.«

Flora schüttelte den Kopf.

Dann jedoch weiteten sich ihre Augen.

»Sag bloß das ist der nette Kerl von der Immobilienfirma?«

Tench wollte Dent gerade etwas zurufen, hielt aber inne.

»Was für ein Mann von der Immobilienfirma?«

Flora sah unsicher hinüber zu Dent. Ihr Mann wandte ihnen immer noch den Rücken zu.

»Ich weiß nicht, ob es Dent Recht ist, wenn ich darüber spreche. Es geht um etwas, dass er mit seinen Cousins vorhat.«

Tench beugte sich zu ihr.

»Jedes Detail kann wichtig sein, Flora. Du weißt, dass es wichtig ist, dass wir diese Sache schnell aufklären. Sonst schießen die Verdächtigungen wie Pilze aus dem Boden. Wir hatten seit etlichen Zeiten kein Gewaltverbrechen hier. Und so etwas wie Mord schon gleich gar nicht.«

Die Farmerin wirkte noch immer verunsichert.

»Naja, ich weiß nichts Genaues, aber der Kerl war gestern hier und hat mit Dent mehrere Stunden über irgendwelches Land nördlich des Marser-Schlachthauses und über Immobilien in Kansas City geredet.«

»Das geht den Sheriff nichts an«, erklang plötzlich die kratzige Stimme von Dent Hicksen. Flora zuckte zusammen.

»Müsstest du dich nicht um das Essen kümmern?«, fuhr der Mann seine Frau an.

Flora wollte sich schon abwenden.

»Ich muss mit euch beiden sprechen«, sagte Tench knapp.

Dent Hicksen wischte sich die Hände an einem öligen Lappen ab, der von seiner Hose baumelte. Dann trottete er zu ihnen herüber.

»Was willst du?«

»Wer war euer Besuch?«

Hicksen rieb sich wieder mit dem Lappen über die Hände.

»Arthur Stoler. Er arbeitet für Dehago Immobilien hier in der Stadt. Aber sie betreuen Gebäude im ganzen County.«

Tench hob die Augenbrauen. Volltreffer. Der Tote war auf der Farm gewesen, bevor er ermordet worden war. Vermutlich sogar nur kurze Zeit vorher.

»Worüber habt ihr gesprochen?«

Hicksen war ein rauer Bursche mit einem ebensolchen Gesicht, das aussah, wie aus Borke geschnitzt. Seelenruhig zündete er sich eine Zigarette an und paffte den Rauch provokativ in Tenchs Richtung.

»Hm, na gut. Ich muss mich aber darauf verlassen können, dass es unter uns bleibt. Das ist eine ziemlich lohnende Geschäftsidee.«

»Du hast mein Wort.«

»Okay.«

Hicksen nickte.

»Wir haben einige Immobilien in Kansas City, die wir zu einem Ferienkomplex ausbauen möchten. Mit einer separaten Anlage hier in der Nähe.«
»Nördlich des Marser-Schlachthauses?«
Hicksen warf seiner Frau einen giftigen Blick zu. Dann sah er wieder Tench an.
»Es hat damit zu tun, ja.«
»Wann war der Mann hier?«
Hicksen machte eine unbestimmte Bewegung mit der Hand, als müsste er die Information grob abschätzen.
»Ist so gegen 16 Uhr hier aufgetaucht und gegen 19 Uhr wieder gegangen.« Er blies einen weiteren Schwall Rauch in die Luft.
»Habe noch gefragt, ob ich ihn nicht in die Stadt fahren soll, weil er keinen Wagen dabei hatte. Aber er hat gesagt, er hat irgendwo an der Straße geparkt.«
Ja, das hatte er in der Tat.
»Ansonsten ist euch nichts Verdächtiges aufgefallen?«
»Was denn zum Beispiel?« Hicksen runzelte die Stirn.
»Irgendjemand, der auf ihn gewartet hat. Ob er nervös war. Solche Dinge.«
Hicksen kratzte sich am Hals. Dann spuckte er auf den Rasen, ehe er wieder an der Zigarette sog.
»Nein, wie gesagt, der Typ ist gekommen, wir haben das Geschäftliche besprochen und er ist wieder abgehauen. Wir haben nicht über Privates geschwatzt und seinen Wagen hatte er, wie schon erwähnt, an der Straße geparkt. Ich weiß nicht, ob dort jemand auf ihn gewartet hat. Bin ich Hellseher?«
Er lachte glucksend.
Tench hörte das Geräusch der Fliegengittertür aus dem Haus und wenig später trat ein Junge in blauer Latzhose in den Garten.
»Ah, Horace, wird auch Zeit«, begrüßte Hicksen seinen Sohn. »Wir wollen essen.«
Der Junge trat unsicher zu ihnen. Aus den Augenwinkeln musterte er Tench.

»Was will denn der Sheriff hier?«, fragte er vorsichtig.
Hicksen stieß erneut eine Qualmwolke aus.
»Ja, weswegen bist du eigentlich hier? Meine privaten Finanzgeschäfte können es ja kaum sein.« Er grinste.
Flora schluchzte leise.
Zeit, die Bombe platzen zu lassen.
»Dein Immobilienmakler ist tot, Dent. Gestern Abend oder heute Nacht ermordet worden. Etwas Genaues wissen wir noch nicht.«
Hicksens Lächeln sah aus, als habe er vergessen, es auszuschalten.
»Scheiße«, fluchte er schließlich. »Wo?«
»Auf der anderen Seite des Hügels im Mais.«
»Scheiße«, wiederholte Hicksen noch einmal. »Deswegen die ganzen Blaulichter und Streifenwagen.«
»Ich habe dir doch gesagt, wir hätten nachsehen sollen«, sagte Flora.
»Sei still.«
Dann schien Hicksen noch etwas einzufallen. Er wandte sich an seinen Sohn.
»Horace, du bist doch gestern Abend noch in die Stadt gefahren. Hast du etwas bemerkt?«
Alle Augen richteten sich auf den Farmersohn.
»Nein nichts«, sagte der schnell.
»Denk bitte genau nach«, sagte Tench. »Jede Kleinigkeit kann von Bedeutung sein. Ist dir jemand auf dem Weg in die Stadt begegnet?«
»Nein niemand.«
»Und als du wieder zurückgekommen bist?«
»Nein, auch nicht.«
»Wann bist du zurückgekommen?« Der Junge trat unsicher von einem Bein auf das andere.
»Gegen 22 oder 23 Uhr. Keine Ahnung, ich weiß es nicht mehr genau. Ich war müde und habe nicht auf die Uhr gesehen.«
»Leben sonst noch Leute auf der Farm, die etwas gesehen haben könnten?«, fragte Tench, nun wieder an alle gewandt.
»Nein, du weißt, dass wir hier draußen alleine sind«, antwortete Hicksen barsch.

»Keine Hilfsarbeiter für die Ernte?«
»Ist noch zu früh.«
»Hm, okay.« Tench sah sich in dem Garten um. Er wirkte ein wenig verwahrlost.
»Falls euch noch etwas einfällt, meldet euch bitte bei mir. Und seid vorsichtig. Ich denke der Mörder ist nicht mehr in der Gegend, aber man kann ja nie wissen.«
»Mach dir keine Sorgen, Trudy entgeht nichts«, sagte Hicksen betont lässig, »und falls das nicht hilft, habe ich immer noch meine alte Flinte.«
Es sollte cool klingen, aber Tench merkte dem alten Haudegen doch Verunsicherung an. Kein Wunder.
»Also dann«, sagte er und verließ das Haus wieder durch die Vordertür.
Draußen angekommen, ließ er seinen Blick noch einmal über den Vorplatz der Farm schweifen. Er machte einen genau so verwahrlosten Eindruck wie der Garten. Sofort fing der Hund wieder zu bellen an und zerrte an seiner Leine.
Tench setzte sich in Bewegung und erklomm die Schotterpiste, wobei er nun das Traktorgeräusch nicht mehr hörte. Es war eigenartig still. Der Wind hatte sich beinahe komplett gelegt. Nur die Grillen waren zu hören und die Luft flirrte vor Hitze. Bei seinem Wagen angekommen, hielt er kurz inne.
Dann ging er ein paar Meter weiter und überquerte die Straße in Richtung der Indianerfelsen. Das Team der Spurensicherung war längst fertig. Die Leiche und sämtliche Beweise bereits abtransportiert. Es würde also ein vergleichsweise harmloser Anblick werden. Er tauchte in den Mais ein.
Katten war länger als er am Tatort geblieben und hatte ihn informiert, dass die mitgebrachten Suchhunde eine Fußspur bis zum Bachbett des Alpino Creek verfolgt hatten. Aber im Wasser hatte sich die Fährte verloren.
Tench war zwar interessiert an der Information, deswegen war er hier, dennoch konnte er sie nicht recht einordnen. Er wollte die Spuren mit eigenen Augen sehen. Aber er wusste selbst, dass sie wenig Beweiskraft hatten. Sicher, sie konnten vom Mörder stammen. Allerdings auch von jemandem, der zufällig zuvor an der Stelle vorbeigekommen war. Oder

von einem Zeugen, der die Leiche vor den Willard-Jungs gefunden und sich aus Angst nicht bei ihnen gemeldet hatte. Die Informationen ließen sich, wie so oft, in viele verschiedene Richtungen deuten.

Er gelangte in das Wäldchen mit den Felsen und dann weiter auf die Lichtung im Mais. Wie erwartet war sie leer.

Auf der linken Seite registrierte er aufgewühlte Erde. Dort hatte man die Pflöcke, auf der die Leiche aufgespießt war, aus dem Boden gezogen. Nach rechts fiel das Gelände kaum merklich ab.

Er rief sich Kattens Bericht ins Gedächtnis. Dann ging er zum Ende der Lichtung, die am nächsten zur Stadt lag und suchte dort den Boden sorgfältig ab. Und tatsächlich.

Nach ein paar Momenten des Herumsuchens fand er Fußabdrücke in der lockeren Erde. Es waren Abdrücke mit tiefem Profil. Vermutlich Wanderschuhe oder etwas Ähnliches. Sie führten weg vom Fundort der Leiche.

Probeweise setzte er einen Fuß daneben.

Die Abdrücke waren groß. Größer als seine eigenen. Vielleicht Schuhgröße 46 oder 47. Tench schloss daraus, dass sie zu einem hoch gewachsenen Mann gehören mussten.

Daneben machte er weitere Spuren aus. Hundepfoten und mehrere einheitliche Schuhe der Beamten. Er zwängte sich durch die ersten Reihen aus Mais.

Die Fährte führte wirklich zielstrebig immer in die gleiche Richtung. Hinunter in die Senke und zum Bach. Dahinter begann die Stadt. Als er am Ufer des Alpino Creek ankam, verloren sich die Abdrücke im steinigen Bachbett.

Er seufzte.

Was hatte er denn auch erwartet? Trotzdem suchte er die gegenüberliegende Böschung gewissenhaft in beiden Richtungen nach einer Ausstiegsstelle ab.

Aber da war nichts.

Nach einer halben Stunde gab er auf. Der erste Ausläufer der Stadt, die beleuchtete Werbung der Tankstelle von Clive Drechsler, erhob sich vor ihm. Er ging hinüber und hielt am Gebäude selbst nach Überwachungskameras Ausschau, die vielleicht den Außenbereich filmten. Es gab keine. Zumindest keine, die er bemerkte.

Kurz entschlossen betrat er die Tankstelle, kaufte sich eine kühle Coke und machte sich dann missmutig auf den Rückweg. In seinem Streifenwagen würde es garantiert schon wieder 50 Grad haben.

Universität von Chicago, neun Wochen vorher

Er beobachtete die entspannten Menschen um sich herum. Der Speisesaal der Universität war in gedämpftes Licht getaucht. Nur noch wenige Leute saßen allerdings um diese Uhrzeit hier herum.

Eine Gruppe Professoren hatte einen Ecktisch mit Beschlag belegt. Eine Lerngruppe hatte eine der langen Tafeln für sich beansprucht. Und er selbst saß einfach nur allein.

Er saß allein, weil er es so wollte, und aß allein. Auch wenn er eigentlich schon ziemlich fertig mit seinem Mahl war. Lustlos stocherte er noch ein bisschen in dem Vanille-Pudding mit seiner etwas eigenartigen Konsistenz herum. Dann nahm er das Tablet und stellte es in einen der zahlreichen Sammelbehälter.

Er nahm noch einen letzten Schluck aus seinem Pappbecher. Dann verließ er den großen Saal komplett und auch das Gebäude. Draußen angekommen, machte er sich auf den Weg nach Hause.

Er wartete auf den Bus, nahm einen der hintersten Plätze und verließ ihn wieder acht Haltestellen später. Die Nacht war lau und angenehm und als er den Bus wieder verließ und in Richtung seines Viertels trottete, war es schon kurz nach 22 Uhr.

Auch die Straßen waren nicht mehr sonderlich bevölkert. Einige Jugendliche kreuzten seinen Weg, eine alte Dame mit Einkaufstasche und Gehstock und ein Mann, der seinen Hund ausführte. Aber ansonsten blieb er ungestört.

Dann war er bei seiner Wohnung angekommen. Sie befand sich im dritten Stock eines großen Mietshauses mit abblätternder Farbe an den

Wänden und in die Jahre gekommenem Teppichboden in allen Stockwerken.

Jedenfalls in denen, die er bisher zu Gesicht bekommen hatte. Er ließ seinen Schlüsselbund in der Hand kreisen.

Dennoch mochte er diese Wohnung. Sie diente ihm seit nunmehr zwei Jahren als Zufluchtsort. Ein Kokon der Ruhe vor dem Trubel und der Rastlosigkeit der Welt um ihn herum. Aber schon, als er die Tür öffnete merkte er, dass das heute anders war als sonst.

Drei Pack zusammen geheftete Papiere lagen auf dem Boden hinter der Tür. So, wie es abgesprochen war. Man hatte sie ihm einfach unter der Tür durch geschoben. Er hob sie auf, vermied es aber, das große Deckenlicht einzuschalten.

Mit den Papieren ging er zu seinem Schreibtisch und knipste eine winzige Lampe an.

Nach einigen Minuten des Herumblätterns schnaubte er befriedigt. Das hier war der Anfang.

Alpino Falls

Die Abenddämmerung brach gerade herein, als sich Tench und Katten im Büro trafen. Auch Muler hockte noch am Schreibtisch. Tench musste zugeben, dass sein zweiter Deputy heute sogar alles in allem wirklich gute Arbeit geleistet hatte.

Den ganzen Tag hatte er unermüdlich die Flut an Anrufen beantwortet, die eingegangen waren. Er war fast zu so etwas wie Höchstform aufgelaufen. Tench und Katten hatten sich ein ums andere Mal erstaunte Blicke zugeworfen.

Die Stadt war schon in hellem Aufruhr. Natürlich hatte die Neuigkeit bereits die Runde gemacht. Nicht überraschend.

Auch wenn es wahrscheinlich niemand zugab. Der Mord faszinierte sie alle. Alpino Falls war wie aus seinem Dornröschen-Schlaf geweckt worden. Tench zweifelte nicht daran, dass überall bereits heftig spekuliert wurde.

Warum ausgerechnet dieser Tatort?

Was steckte dahinter?

Hatte es vielleicht etwas mit den Indianerfelsen zu tun? Kamen die Indianer nun als Geister zurück, um blutige Rache zu nehmen? Wer konnte der Mörder sein? Jemand aus ihrer Mitte? Ein Fremder? Wer war der Tote genau gewesen? Welche Geheimnisse hatte Arthur Stoler gehabt? Was für ein Leben hatte er geführt?

Er hörte das Getratsche beinahe vor sich.

Er nahm sich einen Kaffee aus der Maschine. Dann setzte er sich zu Katten an den Schreibtisch. Ja, welches Leben hatte Arthur Stoler wirklich geführt? Und konnten sie daraus vielleicht Hinweise auf seinen Tod ableiten? Darauf hatte er Katten angesetzt.

Sein Deputy räusperte sich und begann.

»Der Kerl war 53 Jahre alt und hat in der Duper Road 32 gewohnt. Der Holzbungalow. Du kennst es. Zwei Mal verheiratet, zwei Mal geschieden. Keine Kinder. So wie es aussieht ein ziemlich normales Leben. Schule, College.

Und beinahe direkt danach hat er bei der Immobilienfirma angefangen. Dehago, hier in der Main Street.«

»Ich fahre morgen früh gleich hin«, sagte Tench.

»Was sonst noch?«

Katten zuckte die Achseln.

»Nicht viel. Hatte eine Hypothek auf das Haus. Ansonsten keine Schulden. Der Toyota war auf Raten gekauft und abbezahlt. In der Werkstatt haben sie allerdings gesagt, dass ihn vielleicht möglicherweise jemand manipuliert hat.«

»Manipuliert?«

»Ja, sie haben vermutet irgendetwas wäre mit den Zündkabeln nicht in Ordnung. Der Mann habe den Wagen in diesem Zustand jedenfalls nicht starten können. Vermutlich hat er sich deshalb auch auf den Weg durch den Mais gemacht. Aber sie konnten nicht mit letzter Sicherheit sagen, ob es absichtlich gemacht wurde, oder ob sich einfach die Kabel gelöst haben.«

Tench trank einen Schluck Kaffee.

»Aufschlussreich.«

»Wie dem auch sei. Jedenfalls wissen wir ja jetzt, was er dort draußen wollte.«

Tench brummte zustimmend.

»Meinst du, der Täter ist ihm zu der Hicksen-Farm gefolgt? Oder wusste er, dass er kommen würde und hat schon dort gewartet?«

»Müßig zu spekulieren. Was ist mit dem Tatort selbst?«

»Naja.« Katten zögerte.

»Die Fußabdrücke, die zum Bach führen, sind auch auf der Lichtung überall. Besonders um die Leiche herum. Die Stöcke, auf denen sie aufgespießt war, kommen von woanders. Sehen alle gleich aus. Gleich dick, gleich lang, am Ende zugespitzt. Vermutlich in irgendeinem Baumarkt gekauft.«

»Also war der rituelle Touch von Anfang an geplant.«

»Sieht zumindest so aus.«

Katten seufzte missmutig.

»Der Körper war in Nord-Süd-Richtung ausgerichtet. Wenn das irgendeine Bedeutung hat, weiß ich nicht welche. Die offensichtliche Todesursache sind die durch den ganzen Körper getriebenen Pflöcke. Etwas Genaues steht aber erst nach der Obduktion fest. Es gab mehrere Faserspuren an der Kleidung des Toten. Auch an ein paar Maisstängeln wurden Kleidungsfetzen gefunden. Und unter den Fingernägeln der Leiche DNA-Spuren. Vermutlich gab es einen Kampf. Wahrscheinlich sind das Hautfetzen des Mörders.«

Tench richtete sich auf.

»Freu dich nicht zu früh«, sagte Katten.

»Die Ergebnisse sind bereits da. Der Datenabgleich hat keine Ergebnisse gebracht. Wenn die DNA zu unserem Täter gehört. Dann ist er nicht vorbestraft und erfasst.«

»Sollen wir jetzt nach Leuten mit zerkratzen Armen suchen?«

»Na dann viel Glück.«

»Hast du noch ein bisschen Zeit oder willst du gleich nach Hause?«, fragte Tench.

»Spinnst du? Das ist die größte Nummer, die in diesem Nest seit Jahren passiert ist. Erwartest du ernsthaft, dass ich mich aufs Ohr haue und nichts tue. Was hast du vor?«

»Mir das Haus von Stoler ansehen.«

»Durchsuchungsbeschluss?«

Tench hob gelangweilt die Augenbrauen.

»Wirklich? Willst du mir jetzt tatsächlich auf die Strebernummer kommen?«

Katten grinste.

»Gehen wir.«

Sie verabschiedeten sich von Muler. Er hatte ihr Gespräch zwar mit angehört, interessierte sich aber nicht die Bohne dafür. Ihm war nur wichtig, dass er, trotz oder gerade wegen seines heutigen Engagements, pünktlich Feierabend machen konnte. Selbst der Aufruhr um die Leiche schien ihn völlig kalt zu lassen.

»Machts gut Leute«, sagte er nur gelangweilt und tippte sich an einen imaginären Hut, als sie gingen.

Mit dem Streifenwagen brauchten sie nur ein paar Minuten in die Duper Road. Tench musterte die Umgebung. Die Anwesen um sie herum waren zum Großteil Einfamilienhäuser.

Im schwindenden Tageslicht schimmerten die meisten der Bauten in einem orange-roten Farbton. Katten brauchte nicht lange, um Stolers Bungalow ausfindig zu machen.

»Da wären wir«, stellte er fest, als sie auf den Gehsteig hinaus traten und zum Haus schlenderten.

Die Tür war nicht offen. Allerdings war sie so ein windiges Ding, dass Tench sich nur ein bisschen dagegen lehnen musste, damit sie aufsprang. Das Dämmerdunkel dahinter machte sterilem Licht Platz, als Katten den Schalter neben der Tür betätigte.

Da es sich lediglich um einen kleinen Bungalow aus Holz handelte und es weder Keller noch einen richtigen Dachboden gab, war die Durchsuchung des Hauses schnell beendet.

Den Hauptteil der Arbeit nahm dabei das Durchblättern der Geschäftsordner in Stolers Büro in Anspruch.

Aber es ließ sich auch hier nichts Verdächtiges auf den ersten Blick finden. Allerdings hatte auch niemand von ihnen damit gerechnet.

Wer ermordete schon einen Immobilienmakler? Zumal in einem Nest wie diesem. So wie die meisten Gebäude in der Stadt aussahen, war hier ohnehin nicht das große Geld zu holen. Von saftigen Maklerprovisionen einmal ganz abgesehen.

Hicksen hatte gesagt, dass die Firma, für die Stoler gearbeitet hatte, im ganzen County aktiv war.

Ihren Gewinn machten sie dabei offenbar woanders. Ganz sicher jedenfalls nicht in Alpino Falls.

Das Haus des Toten an sich war nüchtern und minimalistisch eingerichtet, nur von einer Person bewohnt und so funktional wie möglich gehalten.

Eine gute Stunde nach ihrem Eintreffen schlossen sie die Eingangstür schon wieder so gut es ging hinter sich. Die Nacht war mittlerweile über die Stadt hereingebrochen.

Alpino Falls

Grant roch den Duft von schmorendem Angus-Rind, als Gunther mehrere riesige Steaks auf den Grill knallte.
Der alte Knabe war vor ein paar Stunden von seinen Einkäufen zurückgekehrt und wie immer in Plauderlaune. Jedenfalls hatte Grant das so in Erinnerung.
»Ach herrje, wir haben uns ja gefühlt zehn Jahre nicht gesehen«, polterte er bereits enthusiastisch los, als er ihn auf der Terrasse erblickte. »Was für eine Überraschung.«
»Ich habe dir doch gesagt, dass er kommt«, hatte Cassandra darauf erwidert.
Jetzt stand der gutmütige, ehemalige Bankier an dem Elektrogrill und briet ihnen das Abendessen.
»Medium, Rare oder Schuhsohle?«, fragte er grinsend.
»Medium«, antwortete Grant.
»Ich werde dir ein Steak braten, von dem du noch deine ganze Reise lang träumen wirst. Warum bleibst du nicht noch ein paar Tage? Wir könnten zusammen nach Galondale fahren und eine Runde golfen. Na, wie wärs?«
Er drehte sich um, als irgendetwas auf dem Grill laut zischte.
»Jetzt lass uns doch erst einmal in Ruhe essen«, sagte Cassandra unwirsch. »Darüber können wir immer noch reden.«
Gunther zwinkerte Grant zu.
»Das alte Mädchen ist ein wenig unflexibel, wenn es um ihren eingefahrenen Tagesablauf geht.«

»Ist doch gar nicht wahr«, protestierte Casandra und warf ein Geschirrtuch nach ihrem Mann.

Grant schmunzelte. Er genoss die Gesellschaft der beiden.

Gunther war der Prototyp des hart arbeitenden Karrieristen, der auch in seiner Pension nie ganz zur Ruhe kam. Ständig musste er, wie seine Tante berichtete, für irgendwelche Leute etwas regeln oder managen. »Ständig ist er hier und dort. Wenn ich es nicht besser wüsste, könnte ich fast denken, er betrügt mich. Das Einzige, bei dem er abschalten kann, ist sein idiotisches Golf. Und ausgerechnet das finde ich fürchterlich.«

Sie übertrieb allerdings maßlos, denn eigentlich machten die beiden ständig Dinge gemeinsam. Grant wusste das.

Die Story kam bei Gästen wahrscheinlich einfach nur gut an und so erzählte sie sie wohl weiter, tagaus, tagein.

Gunther lud ihm wenige Minuten später ein gigantisches Stück Fleisch auf den Teller. Der Geruch war herrlich. Als Beilagen gab es Salat und Maiskolben.

Grant beobachtete aus dem Augenwinkel, wie Gunther Cassandra einen Kuss auf den Kopf gab. Er fand trotz allem, dass sie ein wundervolles Paar abgaben. Hatte er immer schon gefunden. Und sie waren darüber hinaus gemeinsam erstaunlich gut gealtert.

Gunthers Haar war auch mit knapp 80 noch voll und kräftig und abgesehen von den zahllosen Krähenfüßen um die Augen war Cassandras Haut verblüffend glatt.

Einmal hatte Gunther sich sogar zu der Bemerkung hinreißen lassen, sie lasse sich von ihrem Hautarzt in der Nachbarstadt Botox spritzen, aber das hatte seine Tante überhaupt nicht witzig gefunden.

»Ich kann auch nichts dafür, dass deine Haut faltig wie Leder ist«, war ihre scharfzüngige Antwort gewesen. »Treib dich halt nicht so lange in der Sonne herum.«

Grant musste schon bei dem Gedanken innerlich grinsen. Die beiden waren ein so schönes, unaufgeregtes Paar. Und letztlich irritierte ihn an ihnen nur, dass sie sich für den Ruhestand ausgerechnet einen Provinz-Ort wie Alpino Falls ausgesucht hatten.

Gunther war in New York, wo sie die meiste Zeit über gelebt hatten, ein erfolgreicher Banker gewesen.

Er hatte Unmengen von Dollar mit irgendwelchen Investitionsgeschäften in Europa verdient. Sie hatten keine Kinder und das Leben in der Großstadt immer sehr genossen. So hatte er zumindest immer den Eindruck gehabt. Die schicke Wohnung mit Blick auf den Central Park, die Dinnerpartys in feiner Gesellschaft.

Und auch sonst schien es ihnen an nichts zu mangeln.

Nichts ließ auf den radikalen Schritt schließen, den sie dann eines schönen Tages im August verkündet hatten.

Grant konnte sich noch an sein eigenes fassungsloses Gesicht erinnern. Und an die verständnislose Frage:

»Und wieso ausgerechnet Alpino Falls?«

Er hatte es wirklich nicht verstanden. Und die Antwort seiner Tante, sie fühle sich der Gegend verbunden, weil sie als Kind eine Zeit lang hier gelebt hatte und ihre Großmutter aus dieser Stadt kam, überzeugte ihn bis heute nicht. Die beiden waren reich und unabhängig.

Ihnen standen die ganzen verheißungsvollen Domizile der Welt offen. Die Malediven, Italien, Australien. Selbst innerhalb der Grenzen dieses Landes gab es so wundervolle, paradiesische Flecken.

Florida, Kalifornien. Auch Maine, wenn man es etwas kühler mochte.

Aber das hier? Er hatte schon immer das Gefühl gehabt, dass da irgendetwas anderes dahinter steckte. Irgendein anderer Grund.

Aber den wollten ihm die beiden nicht sagen. Früher nicht und heute auch nicht.

Sei es drum, dachte er sich schließlich und nahm einen Schluck Bier. Die beiden schienen hier schließlich glücklich zu sein. Und er gönnte jedem seine eigene Art zu leben.

Nachdem er begeistert die Hälfte des Steaks verspeist und nicht mit Komplimenten dafür gespart hatte, brachte Gunther die Sprache auf das Thema, das die ganze Stadt in Atem hielt.

»Ich war heute bei Pete Dunning im Eisenwarenladen.« Er wandte sich kurz an Grant und erklärte: »Die Scharniere der Badezimmertür müssen erneuert werden.«

Grant dachte, dass eigentlich das ganze Bad erneuert werden sollte, verkniff sich aber einen Kommentar.

»Und der hat gesagt, man hat oben im Mais die Leiche von Arthur Stoler gefunden. Ein örtlicher Immobilienmakler. Ganz in der Nähe der Indianerfelsen. Eigentlich unmittelbar davor. Offenbar war sie übel zugerichtet.«

Grant lehnte sich interessiert in seinem Stuhl nach vorne.

»Ach ja?«

»Oh bitte, ermuntere ihn nicht auch noch«, sagte Cassandra. Und an ihren Gatten gewandt fuhr sie fort: »Du weißt doch, dass der Kerl die größte Gerüchteküche der ganzen Umgebung ist. Woher will er das wissen?«

»Er hat gesagt, dass die Hicksen bei ihm war und erzählt hat, heute wäre der Sheriff bei ihr herein geplatzt und hätte sie zu dem Mord an Stoler befragt. Ob sie etwas gesehen hätten und so. Das muss um die Mittagszeit gewesen sein. Die Frau war komplett durcheinander.«

Cassandra machte nur eine abfällige Handbewegung.

»Die alte Ziege ist immer komplett durcheinander.«

Gunther sagte zu Grant:

»Wenn dich das interessiert, dann kann ich für dich Kontakt zum Sheriff herstellen. Ich kenne Tench gut. Du bist doch auch Polizist.«

Grant schüttelte den Kopf.

»Danke Gunther, aber das wird nicht nötig sein. Ich habe hier nichts zu sagen und will mich nicht in Ermittlungen einmischen. Aber ich würde lügen, wenn ich sage, dass mich die Sache nicht interessiert. Vielleicht werde ich mir morgen mal den Tatort ansehen. Einfach mal eine kleine Wanderung dorthin unternehmen. Vielleicht in den frühen Abendstunden, wenn es etwas kühler ist und ihr mich so lange noch beherbergen wollt.«

»Aber natürlich. Dann gehen wir morgen golfen, ja?«

Grant ergab sich in sein Schicksal.

»Von mir aus.«

»Großartig«, Gunther klatschte begeistert in die Hände.

Grant sah hinüber zu Cassandra. Ihr Lächeln verriet ihm, dass selbst sie sich zu freuen schien.

Sie lachten und tranken noch gut zwei Stunden lang weiter. Dann gingen alle zu Bett. Die Lichter, die in der Nacht zweimal kurz bei den Indianerfelsen aufleuchteten, entgingen ihnen jedoch.

Alpino Falls am nächste Morgen

Tench stand um kurz nach 6 Uhr auf und machte sich gleich auf den Weg nach Galondale.
Mit dem beginnenden Tageslicht fuhr er aus der Stadt hinaus und nahm die gut eine Stunde lange Fahrt in Angriff.
Der Termin war um 8 Uhr angesetzt und er wollte vorher noch frühstücken. Sein Ziel war ein kleines griechisches Straßenrestaurant am Stadtrand von Galondale, das fantastische, mediterrane Sandwiches anbot.
Die Reihen aus Mais zischten an ihm vorbei und er sog die kühle Morgenluft in seine Lungen. Er kurbelte die Fenster ein wenig weiter nach unten und suchte im Radio nach einem passenden Song. So ging es kilometerlang durch das Meer aus Mais.
So lange, bis die ersten Häuser von Galondale auftauchten. Er fand das Restaurant ohne Mühe und bestellte bei der hübschen, asiatisch aussehenden Kellnerin ein ausgiebiges Frühstück.
Fast eine Stunde lang nahm er sich Zeit dafür, las eine Zeitung komplett durch und machte sich dann nach einem großzügigen Trinkgeld wieder auf den Weg.
Das Gebäude, vor dem er den Streifenwagen als nächstes abstellte, war deutlich größer als das Diner. Allerdings auch bei Weitem weniger ansprechend.
Ein schmuckloser Betonbau. Vor dem Eingang lag ein kleiner Park mit schattigen Büschen.
Im Inneren begegneten ihm sterile Wände und eine unfreundliche Rezeptionistin.

»Gehen Sie in Raum 1.04«, schnarrte sie mit dumpfer Stimme. »Direkt hier durch den Gang. Vor der Tür finden Sie Schuhe und Kittel. Handy bitte ausschalten. Danke.«

Er tat alles genauso wie ihm geheißen. Vielleicht schon allein aus purer Angst. Dann war er im Obduktionssaal angekommen.

»Guten Morgen Mr. Tench«, sagte der Arzt und nickte ihm zu. »Ich glaube wir hatten noch nicht das Vergnügen. Ich bin Dr. Fencher.«

»Erfreut Sie kennen zu lernen.«

»Gleichfalls. Auch wenn Sie auf die Bekanntschaft wahrscheinlich gut hätten verzichten können. Vor allem unter diesen Umständen.«

Fencher lächelte, offenbar befriedigt von dem eigenen Esprit, und zeigte auf einen Operationstisch, wo unter einem Tuch die Leiche lag.

»Ich dachte, ich gehe aus Los Angeles weg, um so etwas nicht mehr sehen zu müssen. Aber offenbar folgt mir die menschliche Perversion überall hin.«

Er zuckte resignierend mit den Achseln.

»Wie dem auch sei. Wollen wir die Sache gleich hinter uns bringen?«

»Wie Sie wollen.«

Tench beobachtete, wie der Arzt das Tuch von Stolers Körper entfernte. Der groß gewachsene, grauhaarige Doktor umrundete den Tisch und schaltete das Mikrofon ein, während Tench die Leiche eingehend musterte.

Sie sah beinahe noch obszöner aus als auf der Lichtung im Mais. Das weiße Licht der Neonröhren an der Decke verwandelte das Gesicht des Toten in eine unheimliche Maske.

Die ausgefransten Wunden dort, wo die Holzpflöcke den Körper durchbohrt hatten, traten schauderhaft hervor. Die inneren Organe lagen in Schalen neben dem Torso.

»Nun denn«, sagte Fencher und räusperte sich.

Dann ließ er seine Untersuchungsergebnisse nüchtern vom Stapel. Tench hörte dem Wortschwall aufmerksam zu. Stolers Tod war offenbar durch Strangulation eingetreten. Erst nach dem Tod wurde sein Körper auf die Holzpflöcke gespießt.

»Muss ausgesehen haben wie ein Stück Schaschlik«, witzelte der Arzt. Aber Tench reagierte nicht darauf.

»Jedenfalls war erhebliche Gewalt nötig, um die Pflöcke durch den Körper zu treiben«, fuhr Fencher fort. »Denke es hat ziemlich lange gedauert.«

Eine halbe Stunde später war der Termin beendet und Tench wieder auf dem Rückweg nach Alpino Falls.

Nachdem er eine Viertelstunde gefahren war, hielt er an und konsultierte sein Handy. Katten und Muler hatten beide jeweils ein Mal angerufen. Er versuchte zurückzurufen, kam jedoch nicht durch.

Eine weitere Stunde später parkte er den Wagen wieder in den steigenden Vormittagstemperaturen.

Grübelnd sah er sich um.

Die Büros von Dehago Immobilien waren in einem ehemaligen Supermarkt untergebracht. Überall große Fensterflächen und billige Fliesen, über denen zumeist Teppichboden lag. Tench begegnete seiner zweiten Rezeptionistin an diesem Tag. Sie war jung und eindeutig freundlicher als das Biest in Galondale.

»Mr. VanHaag hat in ein paar Minuten Zeit für Sie«, flötete sie mit honigsüßer Stimme. »Sie können im Konferenzzimmer warten.«

Tench ließ sich von ihr in den besagten Raum führen.

Das so genannte Konferenzzimmer verdiente kaum diese Bezeichnung und entpuppte sich als winziger Raum mit zwei Tischen, vier Stühlen und einer alibimäßigen Grünpflanze in einer der Ecken, die eindeutig schon bessere Tage erlebt hatte. Getränke und Gläser standen auf einem klapprigen Tisch bereit. Und aus den paar Minuten wurden eine halbe Stunde.

»Es tut mir leid. Das war ein Gespräch mit einem wichtigen Kunden«, entschuldigte sich Stolers Chef, als er schließlich eintrat und ihm die schwitzige Hand reichte.

»Brendon VanHaag«, stellte er sich vor. »Kann mir schon denken, wieso Sie hier sind.«

»Ist das ein holländischer Name?«, fragte Tench.

»Eigentlich ja, aber meine Familie waren keine Holländer, sondern weiße Südafrikaner.«

»Interessant.«

»Ja, nicht wahr? Setzen wir uns doch.«

VanHaag bot Tench einen Stuhl an.

»Ja«, begann er wieder. »Mein Vater hat lange Zeit in Afrika für eine Diamantenmine gearbeitet. Frau und Kind, damit meine ich mich«, er grinste, »mussten überall hin mit.«

»Das war eine Zeit kann ich Ihnen sagen. Der Dschungel in Zentralafrika, der Ozean am Kap und die Stechmücken in den Fiebersümpfen. Ich war froh, als diese Zeit vorbei war. Mein alter Herr ist zwar längst im Ruhestand. Aber nach Afrika setze ich auch alleine keinen Fuß mehr, das kann ich Ihnen versichern.«

Er lehnte sich zurück.

Für eine Sekunde lang kehrte Ruhe in dem Zimmer ein.

»Aber ich rede und rede. Schätze, dass Sie meine Lebensgeschichte nicht wirklich interessiert. Sie sind wegen Arthur hier, richtig? Habe mich schon gefragt, wann Sie auftauchen.«

Tench taxierte den Mann. VanHaag war von kleiner und kräftiger Statur. Aber nicht dick. Er konnte sogar unter dem Anzug ausgeprägte Muskelkonturen sehen. Abgesehen von ein paar Strähnen war der Mann fast kahl. Seine kleinen Augen beobachteten ihn aufmerksam.

Schließlich nickte er.

»Sie haben recht.«

»Naja die Stadt spricht von kaum etwas anderem. Schade, der Kerl war mein bestes Pferd im Stall.«

Tench registrierte winzige Schweißperlen auf VanHaags Stirn. Sein Gegenüber schien es zu bemerken und wischte sie mit dem Handrücken rasch weg.

»Ich meine, diese Geschichte ist furchtbar.« Er schob eilig hinterher: »Wer rechnet schon mit so etwas. Wir waren an dem Tag sogar noch zusammen Mittagessen und am nächsten Morgen ist er tot. Haben Sie schon eine Spur?«

»Darüber kann ich nicht mit Ihnen sprechen.«

»Entschuldigen Sie, ich bin etwas durcheinander.«

Tench wartete ab, ob er noch etwas sagen würde. Aber VanHaag schwieg.

»Wie lange kennen Sie Stoler?«, fragte er.

Sein Gegenüber kratzte sich am Kopf.

»Da fragen Sie mich was, Mann. Er war schon hier, als ich damals angefangen habe. Wir haben uns auf Anhieb gut verstanden. Arthur ist geschieden wie ich. Auch sonst haben wir ziemlich ähnliche Erfahrungen gemacht. Das verbindet, wissen Sie. Wenn ich mich Recht erinnere, habe ich vor circa 20 Jahren hier angeheuert. Also kennen wir uns schon in etwa genauso lange.«

Er schien selbst überrascht über die lange Zeitspanne zu sein.

»Also waren sie befreundet?«

Van Haag wog abschätzend den Kopf hin und her.

»Das ist vielleicht ein zu großes Wort. Wie gesagt, wir verstanden uns gut. Sind hin und wieder nach der Arbeit mal zusammen einen trinken gegangen. Aber er hat mich jetzt nicht zu Grillpartys oder so etwas eingeladen.«

»Hatte er irgendwelche Feinde? Hier im Büro? In der Stadt?«

»Nein, jedenfalls nicht, dass ich wüsste.«

»Ist Ihnen in letzter Zeit vielleicht etwas Ungewöhnliches aufgefallen? Hat er sich anders verhalten als sonst?«

»Nein, auch das nicht.« Es entstand eine Pause. VanHaag trommelte versonnen mit den Fingern auf dem Tisch herum. Die Stille zwischen ihnen dehnte sich.

»Wenn ich es mir recht überlege«, begann er irgendwann wieder, »dann war da vielleicht doch etwas.«

Tench hob den Blick.

»Er wollte mir gegenüber nichts Genaues sagen. Hat mir nur angedeutet, dass der alte Marser ihn wegen einer Sache ziemlich unter Druck setzte.«

»Der Inhaber des Schlachthauses?«, fragte Tench nur zur Sicherheit. Eigentlich war die Frage überflüssig.

Jeder kannte den alten Marser. Sein Anwesen befand sich an der Dukane Road ganz am Stadtrand. Schon fast in den Maisfeldern.

Tench musste sich jedes Mal ein Lachen verkneifen, wenn er an dem

Haus vorbei fuhr, vor dem rechts vor der Einfahrt zum Grundstück ein Löwe aus Bronze auf einem übertriebenen Sockel thronte.

»Genau«, bestätigte VanHaag. »Hat gesagt, dass der Kerl sogar bei ihm zu Hause aufgekreuzt ist.«

Tench machte sich Notizen.

»Hat er erwähnt, was der Grund dafür war?« Er dachte zurück an das Gespräch auf der Hicksen-Farm. Ob die Geschichte etwas mit Dents Grundstücksgeschäften zu tun hatte? Ein interessanter neuer Aspekt, der möglicherweise in dem Fall hinzu kam. Vielleicht sollte er sich mal ein wenig mit dem Boss des Schlachthauses unterhalten.

»Nein, mir gegenüber wollte er nichts verraten. Hat gesagt er regelt das schon allein. Denken Sie, das hat mit seinem Tod zu tun?«

Tench runzelte die Stirn.

»Darüber …«

»Ich weiß, ich weiß, darüber dürfen Sie nicht sprechen.«

»Abgesehen davon ist es noch zu früh, etwas zu sagen. Von Spekulationen schon mal ganz abgesehen.«

»Ich verstehe, ich verstehe.« VanHaag hob beschwichtigend eine fleischige Hand.

»Könnte ich vielleicht noch mit ein paar seiner Kollegen sprechen?«, fragte Tench.

»Vielleicht ist dem einen oder anderen doch noch etwas aufgefallen, was uns weiterhelfen könnte.«

VanHaag sah ihn einen Moment misstrauisch an. Dann jedoch nickte er.

»Klar, wieso nicht. Wenns Ihnen Spaß macht.« Er versuchte sich zum Abschluss an einem Witz: »Halten Sie mir meine Leute nur nicht zu lange von ihrer Arbeit ab.«

Er hatte es halbherzig gesagt und so verlief auch die Pointe mehr oder weniger im Sande.

Sie gaben sich schließlich die Hand.

»Außerdem müsste ich mir zusätzlich Kopien von den letzten Projekten machen, an denen Stoler gearbeitet hat.«

VanHaag wollte kurz protestieren, ergab sich dann aber in sein Schicksal und nickte erneut.

»Alles klar, ich kümmere mich auch darum.«

Und nach einem Augenblick Stille fügte er hinzu: »Ich schicke die Leute nacheinander zu Ihnen. Wir sind sowieso nur zu sechst in diesem Büro. Ich wünsche Ihnen viel Glück.«

»Danke.«

Die Parade an Kollegen, die folgte, begann mit zwei Damen, die beide den eindeutigen Stempel Karrierefrau trugen. Ihre Antworten waren oberflächlich knapp und wenig bis überhaupt nicht hilfreich. Etwas Ungewöhnliches wollte keine von ihnen bemerkt haben.

Mit den zwei darauffolgenden unsympathischen Kollegen wurde es kaum besser.

Offenbar hatte in diesem Laden kaum jemand enger miteinander zu tun. Es waren Einzelgänger, die nur ihren eigenen Verkaufsabschlüssen und Provisionen nachjagten.

Nach über einer Stunde Befragung war Tench schließlich erschöpft und geradezu froh, als er wieder in die warme, stickige Luft hinaus treten konnte.

In seiner Hand wog er die Mappe mit Kopien von Stolers letzten Projekten.

Es war ein ziemlich ansehnlicher Stapel zusammengekommen, den VanHaag ihm mit einem eigenartigen Ausdruck im Gesicht überreicht hatte.

Tench blickte sich um.

Hoch über sich sah er zwei Geier in der Thermik kreisen.

Galondale

Der Golfplatz von Galondale war ein weitläufiges, liebevoll angelegtes Areal mit Seen und zahllosen riesigen Palmen. Überall waren kleine Bars verteilt und auch im Clubhaus, das entfernt an den Kolonialstil angelehnt war, mangelte es an nichts.

Gunther und Grant spielten eine 18-Loch-Runde, wobei Grant sich sogar besser als erwartet schlug.

Er hatte das letzte Mal vor etlichen Jahren während eines Schnupperkurses von einer Woche, den ihm ein Bekannter geschenkt hatte, gespielt und war schon damals zu dem Schluss gekommen, dass Golf ein Sport war, den er eindeutig nicht weiter verfolgen würde.

Dennoch genoss er die angenehme Frische und Schönheit der Natur und der Palmen um sie herum in vollen Zügen.

Es war angenehm so mit Gunther unterwegs zu sein, die Seele baumeln zu lassen und ungezwungen über dies und jenes zu plaudern. Sie tranken Bier, rauchten Zigarren und gaben sich ganz der Bequemlichkeit des Augenblicks hin.

Gunther, der zweifellos besserer Spieler der beiden, nutzte die Zeit zwischen den Schlägen, um Grant ein paar Heldengeschichten aus seiner Zeit als Bankier zu erzählen. Und so verging der Vormittag wie im Flug.

Der Mann seiner Tante war ein begabter Geschichtenerzähler und wenn er einmal den Mund aufmachte, kam Grant nicht eine einzige Sekunde lang auf die Idee, ihm nicht zu zu hören.

Sie redeten darüber hinaus über Politik, Sport und allgemein über alles

Mögliche und als es auf die Mittagszeit zuging, aßen sie im Clubhaus Riesengarnelen und Fisch vom Grill.

Anschließend gönnten sie sich eine Abkühlung im großzügigen Pool der Anlage.

Grant genehmigte sich dazu einen 18 Jahre alten Glenlivet, Gunther einen Gin-Tonic.

Allmählich fragte sich Grant, ob er nicht doch länger hier bleiben sollte. Dieser Lebensstil konnte es zweifellos mit jedem Urlaubsresort dieser Welt aufnehmen.

Als sie um genau 18 Uhr wieder in Alpino Falls eintrafen, bat er Gunther jedoch, ihn bereits im Stadtzentrum abzusetzen.

Es war Zeit für einen Spaziergang zu den Indianerfelsen.

»Ich habe übrigens mit dem Sheriff telefoniert«, hatte Gunther beiläufig auf dem Abschlag zum 9. Loch am Vormittag gesagt. »Die Sache mit Stoler, die ich euch gestern erzählt habe, stimmt genau so. Muss ein ziemlich eigenartiger Fundort gewesen sein, aber er konnte mir natürlich nichts Näheres erzählen.«

Der Mann war umtriebig wie ein Profi-Manager. Grant musste lächeln, als er die Tür des Wagens zuschlug und den lustigen Kauz auf der Straße davonfahren sah.

Chicago, acht Wochen vorher

Die Durchsicht der Informationen, die er angefordert hatte, war nun zu Ende.
Jetzt war es Zeit, sich an die eigentliche Arbeit zu machen. Er setze sich mit seinem Laptop bewaffnet auf das durchgelegene Bett.
Durch das schmutzige Fenster neben sich warf er einen Blick nach draußen. Es war früher Nachmittag. Und es regnete. Es regnete seit Tagen. Fast ununterbrochen. Beinahe konnte man glauben, es wäre bereits Herbst oder Winter.
Mehrere Stockwerke unter ihm ging die Stadt hektisch ihren Geschäften nach. Motorenlärm, gedämpftes Stimmengemurmel, hin und wieder das Hupen eines Autos.
Es war so ziemlich der Gegenentwurf zu dem, was sich in seinem Kopf gerade abspielte. Er brauchte einen ruhigen, planvollen Geist für das, was er tun musste.
Nachdem er gut eine Viertelstunde lang zu den verschiedensten Themen im Internet recherchiert hatte, begann schließlich die gewohnte Nachmittagsvorstellung seiner Nachbarn.
Er hatte sich schon gewundert, wo sie blieben. Bei den beiden handelte es sich um ein Ehepaar aus Bulgarien, das eigentlich ständig und dabei mit unglaublicher Beharrlichkeit stritt. Jeden Tag, in einem orgiastischen Ausmaß, wenn der Mann nachmittags von der Arbeit kam.
Und das taten sie nicht leise. Nein, irgendwie musste dies immer unter ohrenbetäubendem Geschrei vonstatten gehen.
Ab und zu flog auch schon mal ein Gegenstand gegen die dünne Wand,

was sich in seinem Zimmer dann jedes Mal wie der Donnerschlag eines nahen Gewitters anhörte.

Er seufzte.

Wäre es ein x-beliebiger Tag mit langweiliger Routine gewesen, hätte er vielleicht sogar über die Szene schmunzeln können. Aber so nicht. Nicht heute. Er brauchte Ruhe und er musste sich konzentrieren.

Er ging bereits seine Möglichkeiten durch.

Wenn er Glück hatte, dann war das einer dieser seltenen Tage, an dem sich die beiden nur darauf beschränkten, sich eine halbe Stunde lang anzugiften, bis der Mann dann wutentbrannt wieder die Wohnung verließ. Aber kurze Zeit später war klar, dass sie ihm diesen Gefallen heute nicht tun würden. Im Gegenteil. Nach einer Dreiviertelstunde wurde es so schlimm, dass er es schließlich ganz aufgab.

Kurz entschlossen warf er sich eine Jacke über, packte den Laptop zusammen und fuhr mit dem Bus die Strecke zur Universität. Nachdem er von der Haltestelle zur Bibliothek gelaufen war, war er zwar so nass, dass er schon den Boden volltropfte, aber immerhin herrschte um ihn herum nun eine wohltuende Ruhe.

Er betrat den Hauptlesesaal und suchte sich dann einen Tisch an einem der Fenster. Nachdem er den Laptop eingeschaltet und hochgefahren hatte, musterte er seine Umgebung.

Relativ wenige Tische um ihn herum waren besetzt. Und die Studenten, die anwesend waren, hockten eher gelangweilt als engagiert vor ihren Büchern oder Computern.

Auf alle Fälle nahm niemand von ihm Notiz.

Er drehte den Bildschirm so in Richtung Fenster, dass ihm niemand über die Schulter sehen konnte und startete dann seine Suche. Dazu rief er eine Seite mit Satellitenaufnahmen des gesamten Globus auf und suchte eine halbe Stunde an verschiedenen Orten herum.

Alle Punkte befanden sich im mittleren Westen. Er zoomte Häuser heran, Straßen, Plätze und vertiefte sich ganz in die Welt von Längen- und Breitenangaben.

Zehn Minuten später ging er zu einer anderen Art der Recherche

über. Die wichtigsten Erkenntnisse übertrug er auf einen kleinen Notizblock.
 Es war ein guter Anfang.
 Der Anfang von allem waren Informationen.

Alpino Falls

Hatte er spektakuläre Wohngebäude oder zwielichtige Ruinen erwartet, so wurde Tench schnell eines Besseren belehrt.

Die Objekte, die Stoler betreut hatte, waren alles andere als außergewöhnlich. Zumeist schmucklose Einfamilienhäuser, nüchtern und pragmatisch gestaltet. Auf das Wesentliche ausgelegt.

Er blätterte sich durch Dutzende Bilder von penibel gepflegten Vorgärten und für Fotos aufgehübschte Wohnzimmer und Bäder. Von Luxusimmobilien war das Tätigkeitsfeld des Toten genauso weit entfernt wie vom Handel mit Ausschussware. Es handelte sich eher um rustikale Hausmannskost.

Katten saß ihm bei dieser langwierigen Aufgabe gegenüber und blätterte selbst ein wenig in den Unterlagen herum. Hin und wieder und immer, wenn ihm ein Gebäude besonders gefiel oder wenn er es verabscheute, produzierte er ein Schnaufen.

Eigentlich, so fand Tench, klang es bei beiden Gelegenheiten ziemlich ähnlich. Mann musste schon genau hinhören. Bei einer negativen Bewertung war der Laut eine Nuance tiefer.

Er grinste.

Und Stoler grinste zurück. Zumindest immer von der ersten Seite eines jeden Dossiers. Der Kerl nahm eine lächerliche Pose ein auf diesen Fotos, die gestellter kaum wirken konnten.

Vertrauen Sie mir, ich weiß, was das Beste für Sie, Ihre Zukunft und Ihre Immobilie ist. So oder so ähnlich sollte die Botschaft im Subtext wohl lauten. Bei Tench rief sie jedoch nur eines hervor, nämlich ein unterschwelliges Gefühl von Übelkeit.

Er konnte kaum glauben, dass irgendjemand auch nur auf den Gedanken kommen konnte, diesem schmierigen Typen auf dem Hochglanzprospekt zu vertrauen. Der Kerl sah mehr nach einem schlitzohrigen Händler auf dem Basar aus. Tench hätte dem Mann keinen einzigen Cent anvertraut, von den Kosten für eines der Häuser ganz zu schweigen. Und diese Preise waren, wenn auch nicht exorbitant hoch, doch nicht billig.

Tench hatte das eine oder andere Anwesen im Stadtgebiet erkannt und konnte kaum glauben, welche Summen die Leute für die Gebäude hinblätterten.

Insgeheim dankte er seinem Vater, der ihr Haus mit seinen eigenen Händen gebaut und ihnen schuldenfrei vererbt hatte.

Er konnte das übertriebene Lächeln dieses Typen nicht mehr sehen. Die Bilder hatten recht wenig gemein mit dem Arthur Stoler, den Tench in der Leichenhalle in Galondale gesehen hatte.

Der Mann wirkte auf den Bildern gut 20 Pfund leichter. Vielleicht hatte er mit Photoshop ein wenig nachgeholfen. Er konnte sich zwar kaum vorstellen, dass das den Absatz irgendwie steigern konnte, aber er kannte sich ja auch in dem Metier wenig bis gar nicht aus.

Stoler war ein breitschultriger Mann gewesen, mit zu einer Bürste geschnittenem Haar. Er war nicht sonderlich attraktiv, aber schlecht aussehen tat er auch nicht.

Tench dachte nach.

Seine Cousine hätte wohl gesagt, er sei eine solide Fünf. Bei ihr waren die meisten Kerle eine Fünf.

Er überlegte gerade, wann er Rachel überhaupt das letzte Mal gesehen hatte, als Katten auf seinem Laptop die Adresse eines Objekts eintippte.

»Hey, das hier ist fast drüben in Oakham«, sagte er.

Hicksen hatte nicht gelogen. Die Firma handelte tatsächlich im ganzen County mit Immobilien. Wobei die Preise immer höher wurden, je weiter man sich auf der Landkarte von Alpino Falls wegbewegte. Ihren Hauptgewinn machte die Firma in der Tat offenbar anderswo. Wie Tench vermutet hatte. Er war vor einigen Minuten die Anzahl der Immobilien

durchgegangen, die Stoler im Stadtgebiet betreut hatte und war dabei lediglich auf die Zahl 4 gekommen.
Nicht zu vergleichen mit der Anzahl der Häuser außerhalb der Stadtgrenze. Stolze 48.
Tench wusste eigentlich selbst nicht so genau, was sie da taten und warum. Es schien ihm nur irgendwie wichtig, einen genauen Überblick über die Geschäfte des Toten zu bekommen.
Wobei ihm bis jetzt aber auch noch bei keiner Immobilie der Name Marser über den Weg gelaufen war.
Womöglich ging es da in der Tat um das Geschäft, das Stoler mit Hicksen geplant hatte. Irgendetwas ging da nicht mit rechten Dingen zu. Das spürte er.
Vielleicht war Bestechung im Spiel. Vielleicht war Marser auch selbst scharf auf den Landstrich und wollte Stoler beeinflussen. Vielleicht, vielleicht, vielleicht.
Das meiste, was sie herausgefunden hatten, war belanglos. Und ihnen gingen nebenbei auch die Leute aus, mit denen sie sprechen konnten.
Der tote Stoler hatte keine Frau, keine Kinder und mit den Nachbarn hatte er sich offenbar auch nicht sonderlich abgegeben. Der typische Eigenbrötler oder Workaholic, der viel unterwegs ist.
Katten hatte den ganzen Tag mit den Nachbarn verbracht und nichts Nennenswertes herausgefunden. Bis auf die Tatsache, dass Marser Stoler wirklich mehrmals zu Hause aufgesucht hatte. Aber weitere Auskünfte konnte niemand geben.
Tench trommelte mit den Fingern auf den Tisch. Er würde sich morgen einmal mit dem Schlachthausbesitzer unterhalten.
Er wollte sich eben wieder in ein neues Objekt vertiefen, als Katten auf einmal wieder ein Schnaufen ausstieß.
»Das ist ja witzig«, sagte er und lehnte sich von seinem Laptop zurück.
»Was ist los?«
»Kann nur ein Zufall sein, aber sieh dir das an. Eine Sekunde, ich markiere es, damit es deutlicher wird.«
Katten klickte ein paar Mal mit der Maus auf dem Bildschirm herum, dann drehte er ihn so, dass Tench einen Blick darauf werfen konnte.

Der Monitor zeigte eine Satellitenaufnahme von Alpino Falls. Tench konnte den Umriss der Stadt sehen, die wie eine Insel in dem grünen Maismeer lag. Weit und breit darum herum war nichts.

Nur die Hicksen-Farm, das Wäldchen um die Indianerfelsen im Norden und das Marser-Schlachthaus im Süden sorgten in den Weiten aus Mais für etwas Abwechslung.

Tench fiel auf, dass sein Deputy vier Punkte innerhalb der Stadtgrenzen mit elektronischen kleinen Pinn-Nadeln markiert hatte.

»Was ist das?«, fragte er.

»Das sind die Häuser, die Stoler hier in Alpino Falls betreut hat«, antwortete Katten.

»Und?«

»Ich sage ja, es ist nur ein verrückter Zufall. Aber sie liegen alle auf einer exakt geraden Linie.«

Tench zog die Augenbrauen hoch, als wollte er sagen: »Ist das wirklich dein Ernst?«

Katten hob sofort beschwichtigend die Hände.

»Ich weiß, ich weiß, was du sagen willst, aber gib es zu, interessant ist es schon. Denn sieh dir mal an, welche beiden Punkte noch zufällig auf dieser Linie liegen.«

Er öffnete ein Tool des Programms und zeichnete einen Strich von links unten nach rechts oben über den ganzen Kartenausschnitt.

Er verlief schnurgerade im Süden durch das Marser-Schlachthaus und im Norden der Stadt durch das Indianerwäldchen. Den Fundort von Stolers Leiche.

»Eigenartig, nicht?«

Tench sagte nichts.

»Weißt du noch, wie die Leiche ausgerichtet war?«, fragte Katten weiter.

»Ein wenig schräg zur Lichtung, das ist uns allen aufgefallen. Wenn man diesen Punkt hier heranzoomt«, er scrollte in das Bild hinein.

Das Wäldchen um die Indianerfelsen wurde schnell größer.

»Dann sieht man, dass sie ebenfalls genau zu dieser Linie hin ausgerichtet ist.«

Alpino Falls

Grant nahm die Umgebung in sich auf. Er registrierte etliche Geschäfte und Ladenzeilen.

Im Stadtzentrum sah er einen kleinen Park, der sogar um einen winzigen See herum angelegt war, und schlenderte danach gut eine Stunde durch die Straßen der Stadt. Hin und wieder kam er an weiteren Grünanlagen vorbei, die hübsch zurecht gemacht waren und zum Verweilen einluden.

Dementsprechend saßen auf den meisten Bänken ältere Menschen oder Jugendliche herum.

Als die Dämmerung langsam hereinbrach, riss er sich schließlich von der beschaulichen Atmosphäre der Stadt los und machte sich auf den Weg Richtung Indianerfelsen.

Gunther hätte ihn sicher auch gefahren oder er hätte seinen eigenen Wagen nehmen können. Aber er wollte sich selbst einen Eindruck von der Stadt, den örtlichen Gegebenheiten und dem umliegenden Land verschaffen.

Und was eignete sich besser dafür, als ein ausgedehnter Spaziergang. Es war wohl einfach so etwas wie berufliche Neugier, die er nicht ablegen konnte. Wie ein Schriftsteller, der selbst im Urlaub alle Orte auf ein mögliches Setting für den neuen Roman hin scannte.

Die Leute, denen er begegnete, grüßten zum Teil freundlich, andere ignorierten ihn völlig, aber alle musterten sie ihn zumindest einen Sekundenbruchteil argwöhnisch. Er war ein unbekanntes Gesicht, jemand Neues in der Stadt, den es zu taxieren galt. Vor allem vor dem Hintergrund des Mordes.

Die Leute waren unruhig, das merkte er ihnen an. Wer mochte es ihnen auch verdenken.

Er war fast schon dankbar, als er die Stadtgrenzen hinter sich lassen und in die Natur eintauchen konnte. Wobei das Bild, das sich ihm bot, recht eintönig war.

Nachdem er an der Tankstelle, dem letzten Ausläufer der Zivilisation, vorbeigekommen war, verschluckte ihn der Ozean aus Mais geradezu. Er überquerte eine schmale Brücke über den Alpino Creek, hörte ein paar Sekunden lang das erfrischende Plätschern des Wassers, aber dann gab es um ihn herum nur noch das geheimnisvolle Wispern der Maisstängel.

Die Halme standen gut zwei Meter hoch und es war unmöglich, weiter als bis zur nächsten Wegbiegung zu sehen. Die Straße schlängelte sich in großen Windungen den Hügel hinauf bis zu dem Wäldchen mit den Felsen.

Er legte etwas an Geschwindigkeit zu, geschuldet der Eintönigkeit um ihn herum. Es gab einfach nichts, an dem sich das Auge länger festhalten konnte. Und so hatte er bald die Stelle erreicht, an der die ganzen Einsatzfahrzeuge geparkt hatten. Es war unübersehbar. Zahllose Reifenspuren direkt am Rande des Maises. Auf beiden Seiten der Straße. Ungefähr 50 Meter weiter erkannte er auf der rechten Seite eine Abzweigung.

Auf einem schon teilweise verwitterten Holzschild stand: Hicksen-Farm.

Gunther hatte die Frau im Eisenwarenladen bereits erwähnt. Neben dem Schild warf ein karger Baum spärlichen Schatten.

Und auf der linken Seite in ungefähr 100 Meter Entfernung gab es davon noch mehr. Gespendet von einem ganzen Wäldchen.

Wenn er Gunther richtig verstanden hatte, dann musste dort die indianische Kultstätte liegen. Gäbe es nicht den Tatort, den er sich ansehen wollte, der Ort hätte ihn auch so gereizt.

Es war mittlerweile fast windstill. Nur das Zirpen der Zikaden lag in der stickigen Luft. Und es wurde schnell dunkler. Grant biss sich auf die Lippen. Er hatte nicht gedacht, dass die Nacht so schnell hereinbrechen würde. Der Horizont war bereits glutrot. Wenn er die Felsen und den

Tatort noch bei einigermaßen Helligkeit sehen wollte, dann musste er sich beeilen.

Er bog von der Straße ab und zwängte sich durch die Halme, bis er bei dem Wäldchen ankam. Es waren nur ein paar Meter, ehe er die Felsen entdeckte.

Große Blöcke, die ohne eine erkennbare Ordnung durcheinander lagen. Auf den Seiten waren sie mit brauner Farbe bemalt, die mit den Jahren jedoch beinahe komplett verblasst war.

Im Grund nur noch Ahnungen. Der Boden unter seinen Füßen fühlte sich weich an und war zum Großteil mit Gras bedeckt. Die Bäume boten hier genug Schatten vor der erbarmungslosen Sonne, sodass die Halme in Ruhe wachsen konnten.

Es war ein wundervoller Ort und in seiner Abgeschiedenheit geradezu ein wenig mystisch.

Grant blieb einen Moment lang stehen und nahm die Schönheit der Natur in sich auf. Wie so oft staunte er über den Zwiespalt der Welt. Die Idylle, Ruhe und Erhabenheit dieses Flecken Erde und nur ein paar Meter weiter Gewalt und Tod.

Was ihn wieder zum eigentlichen Zweck seines Hierseins brachte.

Er ließ die Felsen hinter sich und ging die Böschung hinunter Richtung Mais.

Er musste sich lediglich durch einige Reihen an Stängeln und Blättern kämpfen, bis er auf der Lichtung angekommen war. Die war ein großes Nichts. Und die Sonne versank immer mehr hinter dem Horizont. Es war schon fast komplett dunkel.

Dennoch reichte es aus, um den Tatort rudimentär zu sehen. Beziehungsweise das, was davon übrig war. Er bemerkte auf der linken Seite aufgewühlte Erde. Als er sich nach rechts wandte, zuckte er jedoch zurück.

Was war denn das?

Zögerlich ging er einen Schritt näher. Das Ding ragte hoch vor ihm auf. Es stand am Ende der Lichtung und zeichnete sich deutlich vor dem Abendhimmel ab.

Grant sah Stöcke, kleine Äste, die so etwas wie Finger sein sollten, ein zerrissenes Sakko und einen riesigen, unheimlichen Kopf in Form eines Kürbisses. Eine Vogelscheuche. Riesig. Unheimlich gegen den Himmel. Der Kopf war makaber geschnitzt mit einem schiefen, boshaften Grinsen.

Er konnte sich nicht erinnern, schon einmal ein derart riesiges Exemplar gesehen zu haben. Das Ding musste über zwei Meter groß sein. Und war gleich in mehrfacher Hinsicht eigenartig. Er sah sich um.

Schon einmal der Standort. Eine Vogelscheuche machte an diesem Platz nicht den geringsten Sinn. Sie hätte irgendwo in der Mitte des Feldes, mitten im Mais stehen müssen, nicht komplett am Rand.

Zweitens, die Tatsache, dass sie überhaupt noch da war. Die Spurensicherung hätte sie doch garantiert mitgenommen, wenn sie die Gelegenheit dazu gehabt hätten. Seine Gedanken überschlugen sich.

Und drittens wirkte der Kürbis, der als Kopf diente, eindeutig frisch. Keinesfalls konnte die Schnitzerei älter als einen Tag sein. Er blieb direkt vor dem unheimlichen Machwerk stehen. Das Ding reckte seine Hände wie Klauen nach ihm. Und auch die Füße der Vogelscheuche sahen aus, als würde sie auf ihn zu rennen.

Dies alles ließ nur einen möglichen Schluss zu.

Das Konstrukt war erst nach dem Mord hier aufgestellt worden. Grant registrierte ein Wetterleuchten am fernen Horizont. Für einen Sekundenbruchteil tauchte es die Stadt und den Mais in zuckendes, weißes Licht.

Aber was hatte das zu bedeuten? War der Mörder noch einmal zurückgekehrt und hatte die Vogelscheuche so präpariert? Aber was sollte der Grund dafür sein? Oder war es schlicht ein Dummer-Jungen-Streich von ein paar Halbstarken aus der Stadt?

Er wandte sich wieder zu der Baumgruppe in seinem Rücken um. Wie auch immer, er musste dem Sheriff davon erzählen. Vielleicht wusste er es auch schon, aber er musste sicher sein.

Kurz dachte er darüber nach, wie lange der Mord her war und wie viel Zeit man gehabt hatte, die Vogelscheuche hier aufzubauen, als er auf einmal das Geräusch eines Motors hörte, der den Hügel herauf kam.

Es war ein tiefes Blubbern, das rasch lauter wurde.

Er drehte sich um und hastete zurück zur Baumgruppe. Dann weiter zur Straße. Er hatte sie fast erreich, als der Motor plötzlich erstarbt. Grant blieb stehen. Dann hörte er das Geräusch einer Wagentür. Jemand war ausgestiegen. Um diese Uhrzeit? Hier?

So geräuschlos er konnte, lief er durch den Mais bis zur Straße. Kurz davor duckte er sich. Er erspähte durch die Stängel die Silhouette eines Wagens am rechten Fahrbahnrand. Eine Gestalt überquerte gerade die Straße in seine Richtung.

Langsam stand er auf und trat mit erhobenen Händen auf den Asphalt.

»Guten Abend Sheriff«, sagte er so neutral wie möglich.

Die Gestalt zuckte zusammen. Dann erblickte sie ihn.

»Bleiben Sie stehen. Wer sind Sie?« Vorsorglich zog der Sheriff seine Waffe.

»Kein Grund zur Beunruhigung.« Grant überlegte sich, was er sagen sollte. Ich bin ein Fremder auf der Durchreise klang ebenso verdächtig wie ich wollte mir bei Dunkelheit nur einmal den Tatort ansehen. Deswegen sagte er nur: »Ich bin ein Freund von Gunther Carson.« Gunther hatte gesagt, er und der Sheriff wären so etwas wie gute alte Bekannte. Sein Name würde also sicherlich zumindest verhindern, dass er sofort verhaftet wurde.

Sein Gegenüber zögerte einen Moment.

»Ich bin der Neffe seiner Frau Cassandra. Ich bin Polizist in Washington und gerade zu Besuch für …«

»Ach ja, Gunther hat sie am Telefon erwähnt«, der Sheriff steckte die Waffe weg und kam auf ihn zu.

»Aber ihr Name ist mir irgendwie wieder entfallen.«

»Nathan Grant.«

»Robert Tench.«

Sie gaben sich die Hand.

»Was zum Teufel treiben Sie hier draußen Nathan?«, fragte Tench, während er sich umsah.

»Keine Ahnung«, Grant zuckte die Achseln. »Nennen Sie es am besten wohl berufliche Neugier.«

Tenchs Mundwinkel zuckten belustigt.

»Ja, das kann man schwer ablegen, was? Wenn Sie wollen, begleiten Sie mich noch einmal in den Mais. Ich muss etwas verifizieren, von dem mein Deputy glaubt, es könne eine Rolle spielen. Und die Meinung eines Kollegen würde mich wirklich interessieren.«

Grant nickte.

»Gern.« Dann fügte er hinzu. »Meinen Sie die Vogelscheuche?«

Tench wollte sich schon in Bewegung setzen. Zögerte aber.

»Die was?«

»Kommen Sie, ich zeige es Ihnen.«

Ein paar Augenblicke später standen sie wieder vor dem unheimlichen Ding und Tench murmelte immer wieder den gleichen Satz vor sich hin.

»Da wird doch der Hund in der Pfanne verrückt. Das sieht tatsächlich so aus wie Sasketoon.«

»Sasketoon?«, fragte Grant nach dem zweiten Mal.

»Ja, es gibt ein Kinderbuch darüber. Meine Mutter hat es mir selbst als Kind vorgelesen. Hier in der Gegend ist das Ding so etwas wie eine unheimliche Legende. Eine lebendige Vogelscheuche, die auf den Feldern ihr Unwesen treibt, kleine Kinder und Menschen, die sich verirrt haben, in ihre Höhle schleift und umbringt. Ziemlich makaber. Wohl um die Kinder davon abzuhalten nachts auf den Straßen herumzulungern. Keine Ahnung.«

Grant glaubte aus den Äußerungen seine Annahme bestätigt zu sehen.

»Das heißt also das Ding war vorher noch nicht da?«

Tench schüttelte den Kopf.

»Nein. Ich rufe gleich die Spurensicherung an. Verdammt, die Ähnlichkeit ist verblüffend.«

Tench tat sich schwer, sich von dem Anblick los zu reißen. Dann jedoch ging er ans andere Ende der Lichtung, betrachtete kurz die aufgewühlte Erde und drehte sich dann in einem bestimmten Winkel zur Stadt um.

Ein Wetterleuchten erhellte in diesem Augenblick erneut die Szenerie.

Im zuckenden Licht sah er auf der anderen Seite der Stadt das Marser-Schlachthaus martialisch thronen.

»Was machen Sie da?«, fragte Grant.
Tench wandte den Blick ab.
»Eine Theorie meines Deputys überprüfen.«
»Klingt interessant.«
»Naja, wohl eher ein bisschen an den Haaren herbeigezogen. Und ich glaube, er weiß selbst nicht so genau, was der Grund dahinter sein soll. Aber wir müssen schließlich sämtlichen Spuren nachgehen. Einen Mord hatten wir seit Jahren nicht. Und so etwas wie das hier habe ich überhaupt noch nie gesehen.«
Er machte eine Pause.
»Also hören Sie zu.«
In den nächsten Minuten gab Tench Grant einen kurzen Abriss des Falles, wobei er versuchte, alles so detailgetreu und genau wie möglich wiederzugeben. Den zeitlichen Ablauf, sein Besuch bei den Hicksens und bei Dehago Immobilien, die Obduktion des toten Stoler und was ihm sonst noch einfiel.«
Grant hörte interessiert zu und bot Tench anschließend an, dass er sich noch für ein, zwei Tage in der Stadt aufhalten würde und falls er ihn brauche, gern auf ihn zurückgreifen könne.
Tench bedankte sich.
»Leben Sie eigentlich schon immer hier?«, fragte Grant, als sie durch den Mais wieder zur Straße zurückgingen.
Tench wischte sich über die schweißnasse Stirn.
»Im Grund genommen ja. Ich, meine Schwester und meine beiden Brüder sind alle hier geboren.« Er stutzte kurz.
»Nach dem Tod meiner Eltern sind aber alle meine Geschwister weggezogen. Ich selbst habe ein paar Jahre in Wichita gelebt, bin aber dann doch wieder zurückgekommen.
Keine Ahnung, irgendetwas steckt da wohl in mir drin, das mich hier nicht loslässt. Wie vielleicht bei den Zugvögeln.
Ich weiß es nicht.«
Er lachte versonnen und Grant glaubte zu wissen, was er meinte.
Sie unterhielten sich noch eine Weile über verschiedene Aspekte des

Falles und tauschten ein paar Geschichten aus, ehe Tench Grant mit in die Stadt nahm und bei seiner Tante absetzte.

Es war mittlerweile schon lange dunkel.

Wenig später waren wieder Blaulichter in der Nähe der Indianerfelsen zu sehen.

Alpino Falls

William Larou hängte seine Lederjacke und die Jeans in den Spind und streifte sich seine Arbeitskleidung über. Um ihn herum war der Umkleideraum noch leer und unbevölkert.

Es stank unangenehm nach Schweiß. Aber nach all den Jahren hatte er sich an den beißenden Geruch gewöhnt. Gehörte nun einmal dazu, genauso wie der Blutgeruch in den Schlachthallen. Missmutig sah er auf die Uhr und stellte fest, dass nun fast acht Stunden in der Umgebung von feuchtem, blassem Schweinefleisch vor ihm lagen.

Es war wenige Minuten vor 8 Uhr.

Kurz dachte er voller Sehnsucht zurück an die Arbeitsatmosphäre in seinem alten Job. Schick ausgestattete Räume. Manchmal roch man sogar noch die Neuheit der Teppiche. Noch schickere Möbel und feine Anzüge.

Ja, diametraler als seine Vergangenheit als Banker konnte dieser Job kaum sein. Und das Wichtigste war, er hatte arbeiten können, ohne ständig diesen charakteristischen Geruch nach totem Tier, diesen unverwechselbaren Geruch des Marser-Schlachthauses in der Nase zu haben.

Er verließ den Umkleideraum und betrat einen steril beleuchteten Gang.

Tja, selbst schuld, dachte er sich. Wenn er sich ein bisschen besser beherrscht hätte, hätte er seinen alten Job noch. Ein Kollege kam um die Ecke.

»Morgen Will.«

Auch das wäre in seinem alten Job undenkbar gewesen. Tagaus tagein hatten ihn dort alle nur ehrfurchtsvoll Mr. Larou genannt. Er wiederholte seine Gedanken.

Selbst Schuld. Nun musste er sich eben mit dem abfinden, was er hatte. Es war nicht leicht in Alpino Falls einen Job zu bekommen und weg aus der Gegend wollte er nicht. Im Grunde genommen war das hier ja auch annehmbar.

Sah man von dem Geruch ab, wurde er gut bezahlt und die Kollegen waren im Großen und Ganzen in Ordnung. Klar, ein paar Idioten gab es überall. Aber die ließ er einfach links liegen.

Einen eindeutigen Nachteil hatte die Arbeit im Marser-Schlachthaus allerdings schon, er konnte kein Schweinefleisch mehr sehen. Seit er hier angefangen hatte, war ihm das wässrige Zeug zuwider. Weder bei Grillpartys, noch bei anderen Gelegenheiten konnte er diese Abneigung ablegen.

Und mit diesen Gedanken war er in der Schlachthalle angekommen. Genauer gesagt in der ersten aus drei. Es wurde plötzlich lauter um ihn herum.

Der Betrieb lief hier rund um die Uhr.

An einem Förderband fuhren Dutzende Schweinekörper auf eine Art Säge zu, die sie einmal in der Mitte teilte. Es war ein ohrenzerfetzendes Geräusch. Bis zum heutigen Tag konnte er sich nicht daran gewöhnen. Etliche Menschen in weißen Kitteln liefen herum. Er grüßte ein paar bekannte Gesichter. Dann durchschritt er die Halle so schnell er konnte und betrat den nächsten Abschnitt.

Wieder eine Reihe von Förderbändern. Hier standen zahllose Menschen an den Produktionsstraßen und zerteilten mit atemberaubender Geschwindigkeit das Fleisch in immer kleinere Stücke. Die Handgriffe waren routiniert. Die Mienen der Leute stoisch und gelangweilt. Es war eine monotone Arbeit.

Wenigstens, so dachte Larou, konnte er in der Verladestation arbeiten, wo es ein bisschen ruhiger zuging.

Er durchquerte eine weitere Halle, wo das Fleisch bereits verpackt und für den Transport vorbereitet wurde. Und ein weiterer Vorteil davon, dass er zum Großteil in der Logistik arbeitete, der Geruch war dort nicht ganz so intensiv wie hier in diesen Hallen.

Nach ein paar weiteren Türen war er in der Verladestation angekommen. Er betrat die Rampe, wo die LKWs ihre Ware löschten und begrüßte einige Kollegen per Handschlag.

»Morgen Will«, war auch hier wieder der einhellige Gruß, der ihm entgegen schallte. Seine Laune war schlecht, aber er grüßte so freundlich er konnte zurück. Dann nahm er sich ein Klemmbrett von der Wand und studierte die anstehenden Wareneingänge.

Der Morgen war schön und vergleichsweise kühl. Genau der richtige Tag, um nachher ein paar Worte mit dem Boss zu wechseln. Sein Termin war in gut drei Stunden.

Ein LKW fuhr gerade auf den Vorplatz.

Er wollte sich wieder abwenden und eine Zigarette anstecken, als er hinter dem LKW den Wagen des Sheriffs auf den Besucherparkplatz biegen sah.

Larou runzelte die Stirn. Der LKW versperrte ihm einen Moment lang die Sicht.

Dann sah er nur noch, wie der Sheriff den gläsernen Empfangsbereich betrat.

Was hatte denn das zu bedeuten, dachte er sich. Der LKW hupte und riss ihn aus seinen Gedanken. Ist ja gut du blödes Arschloch. Er winkte ihn heran.

Tench fand sich in einem großzügigen Empfangsbereich wieder. Sessel aus Leder für wartende Besucher. Daneben ein Regal mit Zeitschriften und mehrere beeindruckend große Zierpalmen.

»Sie haben einen Termin, Sheriff?«, fragte ein älterer Mann am Empfang.

»Nein.«

»Zu wem möchten Sie?«

»James Marser.«

Der Mann zuckte unsicher zusammen.

»Na gut«, sagte er zögernd, »ich werde sehen, was ich tun kann.«

»Tun Sie das.«

Der Mann griff zum Telefonhörer und tatsächlich stand Tench keine fünf Minuten später vor Marsers Büro. Den Weg dorthin hatte ihm eine etwas pummelige Sekretärin gezeigt, die nun sogar für ihn an die schwere Holztür klopfte.

»Ja«, erschallte eine herrische Stimme aus dem Inneren.

Sie traten ein.

Hatte Tench ein pompöses und protziges Büro erwartet, so war er nicht wenig überrascht.

Das Büro des Firmenchefs war zwar von einer riesigen Glasfront umgeben, die das Zimmer in helles Morgenlicht tauchte. Jedoch war der Raum weit bescheidener, als er gedacht hatte.

Nüchterne Regale und Kommoden und ein zweckmäßiger Schreibtisch aus Metall bestimmten das Bild. Zudem war alles nicht viel größer als eine normale Bürozelle.

Wenn es Psychologie war, so war es keine schlechte Masche, dachte Tench. Seht her, der Boss ist einer von uns. Einer, der ebenso acht Stunden in diesem Laden schwitzt wie wir. Tench hatte Marser schon bei etlichen Gelegenheiten in der Stadt gesehen. Er fuhr einen alten, klapprigen Honda, kaufte selbst ein, mischte sich unter die Stadtbevölkerung. Ein Außenstehender hätte bei diesem Gehabe durchaus vermuten können, das Schlachthaus werfe nicht all zu viel ab.

Aber er wusste von einem Kollegen aus Wichita, der jetzt bei der Steuerfahndung arbeitete, dass Marser mehrere Häuser entlang der West- und Ostküste besaß. Daneben ein beeindruckendes Anwesen auf den Bahamas und ein Strandhaus auf Jamaika, wovon die Bürger von Alpino Falls bestimmt allesamt nichts wussten.

Nannte man so etwas noch Bescheidenheit? Oder wollte der Mann einfach nicht, dass den Leuten um ihn herum bekannt war, dass er Geld wie Heu hatte. Mit einem Achselzucken trat Tench ein. Wie es auch sein mochte, er war wegen etwas anderem hier.

Der hoch aufgeschossene Marser kam bei seinem Eintreten um den Schreibtisch herum gelaufen und schüttelte ihm die Hand. Ein kräftiger Händedruck. Kühle, beinahe kalte Hände. Dann setzte er sich wieder hinter seinen Schreibtisch. Das Jackett war über die Lehne seines Stuhls gehängt. Das Bild des hart schuftenden Arbeiters war perfekt.

Tench nahm in einem der Besuchersessel Platz.

»Möchten Sie etwas zu trinken, Sheriff?«

»Vielleicht ein Wasser.«

Marser machte der Sekretärin ein Zeichen. Sie erschien kurz darauf wieder mit einem kleinen Krug und zwei Gläsern.

»Danke Cybill«, sagte Marser mit einem freundlichen Nicken, ehe sich die Frau wieder trollte.

»Ist sie nicht ein Goldstück?«

Tench sagte nichts. Woher sollte er das wissen?

»Sie ist jetzt seit 14 Jahren bei mir. Üble Geschichte. Ihr Mann wurde in der Nähe von Utah von einem Bus überrollt. Hat zwei kleine Kinder zu Hause, die sie alleine großziehen muss. Ich bezahle ihr beinahe ein Drittel mehr als allen anderen Sekretärinnen. Ein bisschen privater Schadenersatz. Die Busgesellschaft hat keinen Penny herausgerückt, obwohl der Fahrer nachweislich getrunken hatte.«

»Ich verstehe.«

Marser spielte noch ein bisschen mit dem Füller in seiner Hand herum, ehe er gedankenverloren sagte:

»Ich glaube sogar, dass ihre Mutter schon für meinen alten Vater gearbeitet hat. Gott habe ihn selig.«

Irgendetwas, Tench mochte nicht zu sagen was, riss ihn plötzlich aus seinen Gedanken. Jedenfalls hob er mit einem plötzlichen Ruck den Kopf und sah ihn an.

»Naja, aber das dürfte Sie nun wirklich nicht interessieren, oder Sheriff?« Er lächelte.

»Also, wie kann ich Ihnen helfen? Beziehungsweise weshalb sind Sie hier? Ich habe das von dem Mord in den Maisfeldern schon gehört. Wie vermutlich jeder hier. Schrecklich. Ich hoffe, Sie kommen bei den Ermittlungen gut voran.«

Tench machte eine unbestimmte Handbewegung.

»Wie kann ich Ihnen behilflich sein?«

Tench verlagerte etwas seine Position. Das Leder unter ihm knarzte dabei vernehmlich.

»Es wäre ganz hilfreich«, begann er, »wenn Sie mir sagen könnten, in welcher Beziehung Sie zu dem Toten standen.«

»Zu Arthur Stoler?« Marser hob die Augenbrauen. »Wie kommen Sie darauf, dass wir irgendetwas miteinander zu tun hatten?«

»Ich habe einen Zeugen, der das ausgesagt hat und es wissen muss. Sie sind außerdem bei mehr als einer Gelegenheit bei ihm zu Hause gesehen worden. Von mehreren Leuten.«

Marser goss sich ein Glas Wasser ein. Offensichtlich nutzte er die Pause, um sich zu überlegen, was er sagen sollte. Als er damit fertig war, räusperte er sich.

»Also gut, Sie haben recht. Allerdings kann das nichts mit seinem Tod zu tun haben, falls Sie darauf hinaus wollen.«

»Wie meinen Sie das?«

»Bei unseren Treffen ging es um Grundstücke und Immobilien. Und niemand mordet wegen irgendwelcher Immobilien.«

»Da kennen Sie die Welt aber schlecht.«

Marser taxierte Tench einige Sekunden lang.

»Ich habe keine Geheimnisse. Bei unseren Treffen ging es ganz banal um die Erweiterung des Schlachthauses. Ich muss Grundstücke von einigen Bauern aufkaufen. Und manche sind, na sagen wir mal ein wenig widerspenstig. Wollen mehr für ihr Land haben, als es eigentlich wert ist.«

»Auch die Hicksens?«, fragte Tench.

Marser runzelte die Stirn.

»Keine Ahnung, ob der Name auch unter den Grundstücksbesitzern ist. Das Land hinter dem Schlachthaus ist ziemlich zersiedelt. Etliche kleine Grundstücke. Glauben Sie mir, ich hätte es von Herzen gern nur mit einem Verhandlungspartner zu tun. Die Leute verstehen wenig von Geschäften und manche sind ziemlich stur.«

»Hm«, Tench machte sich im Geiste Notizen.

»Und was wollten Sie bei Stoler zu Hause?«

Marser fuhr mit der Hand über eine kleine Bronzestatue, die auf seinem Schreibtisch stand. Sie stellte eine stilisierte Rinderherde dar.
»Lagebesprechung oder vielleicht Kriegsrat trifft es wohl am besten. Wir hatten an den jeweils folgenden Tagen Gespräche mit Grundstücksbesitzern und ich wollte vorbereitet sein.«
»Ich verstehe.« Wieder ein Eintrag im gedanklichen Notizbuch.
»Hat Stoler bei diesen Treffen mal irgendetwas Ihnen gegenüber erwähnt? Ich meine hatte er vor irgendjemandem Angst oder fürchtete er sich vor jemandem? Wirkte er nervös oder angespannt?«
Marser lachte kurz auf.
»Nein gar nicht. Nicht die Spur. Der Mann war die Ruhe und Lässigkeit persönlich. Und Angst oder Nervosität habe ich nicht mal im Ansatz bei ihm verspürt.«
»Vielleicht bei Ihren Gesprächen mit den Grundstückseigentümern?«
»Dort am allerwenigsten.« Marser trank einen großen Schluck. »Während der Verhandlungen war der Kerl in seinem Element und lief zu Höchstform auf. Ich habe gern mit ihm zusammengearbeitet. Er war professionell und verstand etwas von seinem Handwerk. Stoler konnte gut reden. Viel besser als ich, das will ich ihm zugestehen. Er war gut in seinem Job und wir kamen einigermaßen voran.«
»Soll heißen?«
»Dass wir mit den meisten Beteiligten tatsächlich kurz vor einer Einigung standen.«
»Hat Stoler mal mit Ihnen über sein Privatleben geredet?«
Marser schüttelte den Kopf.
»Wie schon gesagt, der Mann war sehr professionell. Und was die Privatsphäre angeht äußerst diskret. Ich habe ihm ein paar Mal eine verbale Steilvorlage geliefert. Aber er ist nie darauf eingegangen. Auch mich hat er nie etwas Privates gefragt. Es ging immer nur um das Geschäft. Glaube, so hat er einfach getickt. Effiziente Geschäfte, keine unnötige Zeit vertrödeln. Dass es in jedem Business auch um Netzwerken geht, hat ihn recht wenig interessiert. Er hatte, wie er sich einmal ausgedrückt hat, ein paar Informanten in den richtigen Positionen. Mehr brauchte er offenbar

nicht. Hat ihm wohl gereicht. Vielleicht hatte er nebenher auch noch ein anderes Geschäftsmodell am Laufen, aber wie gesagt, über derlei Dinge außerhalb unserer beruflichen Ziele haben wir nie gesprochen.«

Tench dachte einige Sekunden darüber nach.

In diesem Zeitfenster klingelte das Telefon auf Marsers Schreibtisch.

Der Schlachthausbesitzer warf einen Blick auf das Display. Dann sah er Tench an.

»Es macht Ihnen doch nichts aus, Sheriff, oder? Das ist meine Frau.«

Tench nickte.

»Ich denke wir sind ohnehin fertig.«

Marser legte dankbar die Hand auf den Hörer.

»Wenn ich Ihnen doch noch irgendwie helfen kann, lassen Sie es mich wissen.«

»Danke.«

»Finden Sie den Ausgang allein?«

Tench nickte wieder.

»In Ordnung.«

Marser streckte ihm die Hand hin und Tench schüttelte sie, während Marser mit der anderen schon nach dem Hörer griff.

Draußen vor dem Gebäude blickte Tench sich um.

Weiter hinten begannen die Verladerampen für die LKW. Zwei Stück standen gerade davor und wurden von ihrer Fracht befreit. Vor einem der Tore starrten ein paar Männer zu ihm herüber.

Er setzte sich in den Streifenwagen und sah auf sein Handy. Katten hatte vor 20 Minuten angerufen.

Sein Deputy nahm nach dem vierten Klingeln ab.

»Was gibt's Bill?«

»Wollte dir nur mitteilen, dass die Ergebnisse der Faseruntersuchung der Vogelscheuche da sind. Ich habe Druck gemacht und gesagt, wir brauchen das Ergebnis so schnell wie möglich.«

»Und?«

»Keine DNA-Spuren. Wie erwartet. Weder an dem Kürbis selbst noch an dem Rest der Vogelscheuche. Wer auch immer also sie aufgestellt hat, hat offenbar Vorkehrungen getroffen, um keine Spuren zu hinterlassen.«

»Verstehe, danke Bill.«

Tench beendete die Verbindung. Dann legte er den Rückwärtsgang ein und rangierte aus dem Parkplatz. Als er losfuhr, bemerkte er, dass einer der Männer auf der Rampe ihn noch immer anstarrte.

Chicago, fünf Wochen vorher

Alles kam auf die Planung der nächsten Schritte an. Das war ihm sonnenklar. Der Vorlesungssaal lag in schummrigem Zwielicht und die vordersten Bänke waren bislang als Einzige besetzt.

Die üblichen Verdächtigen, die immer bereits 20 Minuten vor Vorlesungsbeginn schon da waren, fleißig noch etwas in ihre Blöcke kritzelten oder an ihren Handys oder Laptops recherchierten. Hin und wieder diskutierten sie miteinander.

Was ihn selbst von diesen Menschen unterschied, war so ziemlich alles. Wo sie in der Vorlesung interessiert waren, lungerte er gleichgültig auf einer der hintersten Bänke herum. Wo sie Fragen stellten, schwieg er und verdrehte die Augen. Und dass er heute schon so früh anwesend war, war nur einem einzigen Zweck geschuldet.

Er wollte die Zeit zum planen nutzen.

Er klappte seinen Laptop auf und rief, nach einem weiteren verächtlichen Blick in die Runde, eine Flugvergleichsseite auf. Als Ziel tippte er Portland ein. Sofort ratterte die Suchmaschine stakkatohaft mehrere Preise herunter, während sich im Hintergrund Bilder mit all den Traumzielen dieser Welt abwechselten. Er wählte, überrascht über die niedrigen Kosten, den zweitteuersten aus, weil es eine Direktverbindung war.

Dann rief er eine andere Seite auf und wiederholte das Manöver noch einmal.

Hier waren die gefundenen Flüge sogar noch günstiger. Er wartete ein paar Minuten. Dann wiederholte er die Prozedur noch einmal von einem anderen Startflughafen aus.

Die Sache musste eines, realistisch aussehen. Es war zwar nicht sehr wahrscheinlich. Aber es konnte sein, dass seine Aktivitäten im Internet kontrolliert werden würden. Und darum musste er vorsichtig sein. Er hatte, nachdem ihm dies klar geworden war, seinen alten Laptop verkauft und sich dieses neue Modell angeschafft. Zwar wusste er nicht viel über Informationstechnologie oder die Zurückverfolgung von Datenströmen an sich, aber sicher war nun einmal sicher.

Vorsicht ist die Mutter der Porzellankiste hatte schon sein Vater immer gesagt und damit lag er ganz gewiss nicht falsch. Und wenn nicht in diesem Fall. Wann sollte er sonst vorsichtig sein? Alles hing davon ab, dass er keinen Fehler machte.

Langsam aber sicher begann sich der Hörsaal um ihn herum zu füllen.

Alpino Falls

William Larou drehte noch eine letzte Runde durch die drei Hallen mit den Schweinekörpern in unterschiedlichen Stadien der Zerlegung, ehe er sich zum Gehen wandte. Er verabschiedete sich von ein paar Kollegen und zog sich dann in den Umkleideraum zurück.

Einige Minuten später stand er bereits auf dem Parkplatz. Der Sonnenuntergang tauchte alles um ihn herum in oranges Licht. Die Luft war warm. Wie gewöhnlich. Und ebenso schwül. Wie gewöhnlich.

Er startete seinen Wagen und hielt auf dem Weg nach Hause noch am Supermarkt, um sich ein paar Zigaretten zu besorgen.

Anschließend sah er auf sein Handy. Ein paar Nachrichten von Freunden. Nichts Außergewöhnliches. Er würde sie später vor dem Fernseher beantworten. Zunächst galt es dringendere Bedürfnisse zu befriedigen. Er hatte Hunger. Und er freute sich schon auf die allabendliche Überraschung, die Cindy mit Sicherheit auch heute wieder gezaubert hatte.

Sie kochte weit besser als seine erste Frau. Er brummte glücklich. Auch wenn sie immer behauptete, das eine oder andere Gewürz fehle noch oder etwas sei zu lange oder zu kurz im Ofen gelassen worden.

Ihm selbst schmeckte es immer prächtig. Und er sparte nicht mit Komplimenten.

Ihr Haus kam langsam in Sicht und er konnte bereits jetzt das behagliche, warme Licht aus Küche und Wohnzimmer sehen. Mit der Vorfreude auf einen heimeligen Abend lenkte er den Wagen in die Einfahrt und roch schon jetzt direkt das Aroma von Fleisch und gedünstetem Gemüse.

Herrlich.

Cindy sorgte rührend für ihn. Umso mehr, nachdem der Doc vor ein paar Wochen bei ihm stark erhöhte Cholesterinwerte festgestellt hatte. Seitdem wurde nach einem strengen Diätplan gekocht.

Fast ein bisschen zu streng für Larous Geschmack, aber Cindy sagte, sie wolle ja noch lange etwas von ihm haben. Und so überbot sie sich Tag für Tag mit abwechslungsreichen, gesunden Köstlichkeiten.

Jeden Abend kam gefühlt eine neue Leckerei auf den Tisch. Obst und Gemüse, von dem er noch nicht einmal gehört hatte. Und bei dem er manchmal sogar Schwierigkeiten hatte, den Namen korrekt auszusprechen. Aber zu seiner eigenen Überraschung musste er zugeben, dass es meist überwältigend gut schmeckte.

Von wenigen Ausnahmen einmal abgesehen.

Zum Beispiel Brokkoli. Den würde er wohl bis ins Grab verabscheuen. Obwohl er so gesund war, wie Cindy nie müde wurde zu betonen. Manche Dinge ließen sich einfach nicht ändern.

Die Eingangstür schloss sich leise hinter ihm.

Und nach einem opulenten Mahl und Genuss öffnete sie sich wieder. Eine gute Stunde später. Denn die Pflichten waren noch nicht getan für diesen Tag.

Pepper wollte seine Abendrunde drehen. Schon schoss der kleine Dackel zwischen seinen Füßen vorbei und die Treppe hinunter. Laut kläffend, wie immer. Wirklich, es gab Dinge, die änderten sich wohl nie. Leise seufzend zog er die Tür hinter sich zu.

Er freute sich schon auf die bequemen Kissen der Couch, wenn der Spaziergang beendet war. Er würde mit Pepper heute nur die kurze Runde laufen. Seine Beine waren schwer und eigentlich wollte er sich nur noch hinlegen und von der Plackerei des Tages ausruhen.

Die Sonne war bereits untergegangen. Nur noch ein diffuser Streifen am Horizont zeugte von ihrer Existenz. Am Himmel war bereits hell und rund der Mond zu sehen.

Ein Jägermond, wie sein Vater es immer genannt hatte. Sie gingen einfach die Straße bis zu ihrem Ende. Wobei das Ende schlicht darin bestand, dass der Asphalt in einen Feldweg überging, der in den Mais hinein führte.

Ja, die kleine Runde würde heute vollkommen ausreichen. Der Feldweg führte in etwa 400 Metern Entfernung über eine Brücke über den Alpino Creek. Dahinter zweigte ein Trampelpfad vom Weg ab, der in einem Halbkreis wieder zurück zur Stadt führte.

Larou zündete sich eine Zigarette an und kurz bevor sie zu der Brücke kamen, war er schon wieder damit fertig.

Er dachte gerade darüber nach, warum der Sheriff heute wohl im Schlachthaus aufgekreuzt war, als Pepper mit einem Mal zu bellen anfing. Der Mais ringsum wisperte leise. Der Dackel kläffte den rechten Wegesrand an. Aggressiv. Vermutlich witterte er eine Tierfährte. Wenig später sah Larou die Brücke aus dem Halbdunkel auftauchen. Es war ein baufälliges Ding mit Stahlgeländer.

Pepper hörte nicht mehr auf zu bellen. Und plötzlich knurrte er bedrohlich und schoss in den Mais. Verdammt.

»Pepper, hierher«, rief Larou und pfiff laut durch die Zähne. Aber der Dackel gehorchte ihm nicht. Na wunderbar.

»Pepper, hey, Pepper.«

Das Kläffen entfernte sich. Aber plötzlich wurde es still.

»Pepper. Scheiße.« Larou fluchte laut und folgte seinem Hund in das Dickicht aus Mais. Dann blieb er plötzlich stehen.

In der Nähe war ein leises Winseln zu hören. Dann kehrte wieder Stille zurück.

»Pepper.« Er lief jetzt schneller. Preschte wie eine Erntemaschine durch die Stängel.

»Pepper.«

Dann öffnete sich plötzlich der Mais vor ihm. Er war am Bachbett. Der Mond spiegelt sich im Wasser. Und im sandigen Bachufer lag etwas. Pepper. Sein Hund zuckte im Todeskampf. Er war blutüberströmt. An der Seite seines Bauches klaffte eine hässliche Wunde.

»Oh Gott Pepper.«

Larou wollte sich zu ihm hinunter beugen. Der Dackel winselte. Dann spürte Larou plötzlich eine Bewegung in seinem Rücken.

Ein eiskalter Schauder überlief ihn.

Der Schmerz, der folgte, war so brutal, so unerwartet und heftig, dass er einfach nach vorn kippte. Er landete im Sand des Bachufers. Jemand kniete sich blitzschnell auf ihn. Hände, oder waren es Klauen, drückten ihn nach unten.

Er versuchte sich zu wehren. Er ruderte mit den Armen, aber es half nichts.

Ein Messer drang in seinen Rücken ein. Er spürte, wie Blut aus seinem Körper sprudelte.

Alpino Falls

»Was ist das, dieser Sasketoon?«, wollte Grant von Cassandra wissen. Sie saßen zusammen um die Grillstelle hinter dem Haus. Gunther hatte ein gemütliches Feuer angeschürt und seit über einer Stunde saßen sie hier herum, tranken und unterhielten sich.

Cassandra gönnte sich einen Chardonnay, weil sie sich aus Bier nichts machte.

»Wie kommst du denn ausgerechnet auf dieses Thema?«, wollte sie naserümpfend wissen und stellte ihr Glas neben sich ab.

Grant nahm einen Stock und stocherte damit in der Glut herum, was einen kleinen Funkenflug auslöste.

»Naja, der Sheriff hat etwas dergleichen erwähnt, als wir uns getroffen haben.«

Seine Tante musterte ihn skeptisch.

»Was sollte Tench mit Sasketoon zu schaffen haben?« Grant blickte zu Gunther hinüber, der, wie es schien, teilnahmslos an seinem Bier herum nippte und in das Feuer starrte. Würde man ihn so sehen, man könnte denken, er schlafe gleich ein. Aber mittlerweile kannte Grant ihn besser. Er dachte nach.

»Hat das etwas mit dem Mord im Mais zu tun?«, fragte er schließlich kaum hörbar.

»Das darf ich euch nicht erzählen.«

Cassandra schnitt eine belustigte Grimasse.

»Oh bitte, wir erfahren es so oder so. Spätestens morgen weiß die halbe Stadt, was los ist. Tench gibt zwar sein Bestes, aber Katten und Muler sind die reinsten Tratschweiber. Es sickert immer alles durch.«

Sie lachte.

»Eigentlich könnten Sie uns auch gleich auf Streife oder zu Tatorten mitnehmen. Das würde auch keinen Unterschied machen.«

Sie griff wieder nach ihrem Glas.

»Na wenn das hier so ist«, sagte Grant mit einem Achselzucken. »Sagt es trotzdem niemandem weiter, in Ordnung?«

Cassandra hob theatralisch die Hand und sagte feierlich: »Großes Indianer-Ehrenwort«, während Gunther sich nur auf ein Nicken beschränkte.

»Also schön.«

Grant berichtete in knappen Worten von der Vogelscheuche am Tatort.

»Interessant«, sagte Gunther, nachdem er geendet hatte. Grant trank einen Schluck Bier.

»Von wegen interessant«, blaffte Cassandra. »Das Ganze ist Jahrzehnte her und ereignete sich vor allem nicht hier, sondern drüben in Lanch County.«

Gunther hob die Augenbrauen und widmete sich wieder seiner Flasche. Offenbar war es nicht klug, Cassandra in dieser gereizten Stimmung zu widersprechen.

»Ich würde es wirklich gerne erfahren, Tante Cassandra«, versuchte Grant die Wogen zu glätten.

»Was hat es mit diesem Sasketoon auf sich? Eine simple Vogelscheuche scheint mir kaum der Grund für irgendeinen Mord zu sein. Ich habe den Namen vorhin selbst gegoogelt. Aber im Internet findet sich über Sasketoon rein gar nichts. Oder ich habe es übersehen oder falsch geschrieben.«

Cassandra drehte widerwillig ihr Glas in der Hand. Sie schien die Flüssigkeit darin mit einer derartigen Intensität anzustarren, als könnte sie darin irgendeine fundamentale Wahrheit entdecken. Als könnte ihr der Wein allein durch die Macht ihres Blickes sagen, ob sie anfangen sollte zu sprechen oder nicht. Schließlich kippte sie den Rest des noch verbliebenen Alkohols hinunter und taxierte Grant lange mit einem abschätzenden Gesichtsausdruck.

»Also gut, dann halt dich fest. Geschichten wie diese wirst du nicht alle Tage hören. Es wundert mich eigentlich, dass nicht mehr darüber im

Internet zu finden ist. War damals eine ziemlich große, zugegeben aber auch recht lokale Sache.«

Sie lehnte sich in ihrem Stuhl zurück und faltete die Hände auf dem Schoß um das Glas. Sie sah aus wie eine altehrwürdige Geschichtenerzählerin. Das Feuer hüllte ihr Gesicht in einen flackernden Schein, was diesen Eindruck noch verstärkte. Als sie schließlich zu sprechen anfing, war ihre Stimme seltsam entrückt.

»All das begann in den frühen 80er Jahren. Ich weiß es noch wie heute als ich das erste Mal diese Geschichten hörte. Anfangs hielten wir Kinder das für einen Spaß. Etwas, das man uns erzählen konnte, um uns von dunklen Straßen oder den Maisfeldern fern zu halten.«

Gunther ging zu ihr herüber und schenkte ihr Wein nach.

»Bis ich dann die wahre Natur dieser Geschichten herausfand. Mein Onkel, Gott habe ihn selig, nahm mich damals mit nach Lanch County. Eine recht verwahrloste Gegend. Aufgegebene Farmen, unbewohnte Häuser und wirtschaftlicher Niedergang. Nicht der Ort, an dem man gerne seine Zeit verbringt und eigentlich nur darauf wartet, wieder von dort verschwinden zu können.«

Sie nahm einen Schluck aus ihrem nun wieder halbvollen Glas.

»Wir kauften damals Saatgut für irgendeinen befreundeten Farmer, als jemand am Verkaufstresen neben uns anfing, in alkoholbeseelter Stimmung über Sasketoon zu schwadronieren.«

Sie machte eine Pause. Ihr Gesicht sah aus, als versuche sie sich angestrengt zu erinnern.

»Ich weiß noch, dass mein Onkel nicht wollte, dass ich das hörte. Auch der Kerl hinter dem Verkaufstresen meinte, vor einem Kind darüber zu sprechen, sei nicht klug. Aber der Typ plapperte einfach weiter. Und irgendwie schien diese Sache meinen Onkel und den Verkäufer auch brennend zu interessieren.«

Wieder eine Pause, in der Gunther ein Holzscheit nachlegte.

»Die Geschichte ging ungefähr so. Es muss wohl irgendwo jenseits der Stadtgrenzen von Cilmont angefangen haben. Dort hat man zwei Farmer ermordet in den Maisfeldern gefunden. Ganz ähnlich wie hier. Nur waren sie nicht auf Pfähle, sondern auf die Zacken ihres Mähdreschers aufgespießt worden. Das war, wenn ich mich richtig erinnere, 1982. Ein weiterer Mord ereignete sich einen Monat später in derselben Gegend. Diesmal wurde das Opfer, eine junge Frau aus Denver, von Kopf bis Fuß nahezu gehäutet. Drumrum viel rituelles Brimborium.

Und ein dritter Mord ereignete sich kurz darauf an einem Landstreicher. Wurde mit einer Schrotflinte mitten ins Gesicht geschossen und nicht weit von der Straße entfernt einfach liegen gelassen. Und bei allen drei Morden das gleiche. Bei allen fand man direkt am Tatort oder irgendwo in der Nähe eine immer auf die gleiche Weise aufgebaute Vogelscheuche. Muss ziemlich gruselig gewesen sein.

Sie war offenbar immer in Richtung des Tatorts ausgerichtet. Mit riesigem Kürbiskopf und einer unheimlich geschnitzten Maske. Und sie schien immer mit ausgestreckten Klauen auf den Toten zu zu rennen. Ich habe nur einmal ein Foto von einem Tatort gesehen. Glaub mir, man bekam eine Gänsehaut.«

Sie erschauerte bei dem Gedanken. Die Flammen des Feuers erfassten das neue Holzscheit und züngelten daran empor.

»Aber das Merkwürdige war, dass sich diese Morde irgendwie schnurgerade durch Lanch County auf Cilmont zuzubewegen schienen.

Wie eine unheimliche Progression. Als hätten diese Morde irgendein obskures Ziel.« Sie räusperte sich.

»Unnötig zu erwähnen, dass die Einwohner von Cilmont bereits jetzt in Furcht und Panik schwebten. Aber das, was dann geschah, setzte allem noch die Krone auf.« Sie sah nacheinander erst Grant und dann Gunther lange an.

»Ich weiß nicht mehr, wie die Straße genau hieß, Bullard Road oder so ähnlich. Jedenfalls befand sie sich direkt am Stadtrand von Cilmont.« Sie stockte. »Ich …ich habe die Bilder in den Zeitungen gesehen. Es war ein weißer Bungalow mitten in einer Wiese mit hohem Gras. Offenbar lebte dort eine Familie mit drei Kindern.«

Sie musste sich mit zwei weiteren Schlucken Mut antrinken.

»Sasketoon«, begann sie wieder, »so nannten die Zeitungen irgendwann den Mörder. Frag mich nicht warum. Es muss übrigens immer der gleiche gewesen sein. Obwohl mein Onkel mir einmal erzählte, es gebe widersprüchliche Beweise. Sasketoon jedenfalls hat diese ganze Familie ausgelöscht. Es muss ein grauenhafter Anblick gewesen sein. Ende Juni war das damals glaube ich. Irgendwann im Sommer. Der Mais stand wie heute über zwei Meter hoch. Er muss sich über die Felder genähert haben. Hat sich über die Hintertür Zutritt zum Haus verschafft, zuerst die Eltern und nacheinander die Kinder getötet. Eines hat er an ein Kreuz genagelt. Und …«, sie stockte wieder. »Und die Vogelscheuche hat er dieses Mal direkt im Wohnzimmer aufgebaut. Ich bin schreiend aus dem Zimmer gerannt, als ich das Bild beim herumstöbern in der Zeitung gesehen habe. Es war ein schreckliches Arrangement. Vielleicht hat sich dieses kranke Schwein als irgendein obskurer Künstler betrachtet. Ich weiß es nicht.«

Sie verlagerte ihre Position auf dem Stuhl. Die Art, wie sie redete, ihre Mimik und Gestik im Gegenlicht des Feuers ließen die Ereignisse beinahe wieder lebendig werden. Grant glaubte sich fast in der Zeit zurückversetzt.

»Die Bahnlinie verlief damals noch nicht direkt an Alpino Falls vorbei, sondern weiter südlich. Jedenfalls hörten die Morde nach dem Erreichen der Stadt keinesfalls auf. Obwohl schon etliche Bewohner die Stadt verlassen hatten. Der ohnehin sterbende Ort wurde nun noch schneller entvölkert. Eigenartigerweise schien Cilmont aber nicht das Ziel von Sasketoon zu sein. Es war, als hätten die Morde die Stadt nur gestreift. Auf jeden Fall gingen sie zwei Wochen später jenseits der Stadtgrenzen weiter.

Diesmal war das Opfer wieder ein Farmer. Er wurde von Sasketoon auf die Gleise der Bahnlinie, die ich eben erwähnt habe, gebunden und von den heran rasenden Güterwaggons in tausend Stücke zerhäckselt. Ein wahres Gemetzel.

Einen Monat später der nächste Mord. Ein Jugendlicher aus dem Nachbarort, der in einer Scheune in den Maisfeldern auf einem Scheiterhaufen verbrannt wurde. Seine Freundin, die beiden Unglücksraben waren wohl einfach zur falschen Zeit am falschen Ort, wurde zunächst mit dem Messer aufgeschlitzt und dann, als hätte das noch nicht gereicht, an einer nahen Brücke aufgehängt. Daran kann ich mich noch genau erinnern. Die Zeitungen nannten das damals den Feuer und Wasser Mord.«

Wie um anzuzeigen, dass die Erzählung sich dem Ende näherte, richtete sich Cassandra in ihrem Stuhl auf.

»Das Finale bildete dann ein Mord an einem Geschäftsmann auf der Durchreise. Der wurde wieder ganz altmodisch mit einer Waffe getötet. Allerdings wollte Sasketoon bei seiner letzten Tat offenbar extrem auf Nummer sicher gehen.« Sie hob die Hand und spreizte alle Finger.

»Fünf Schüsse direkt in den Kopf. Ist das zu fassen?«

Sie leerte das Glas in einem Zug.

»Was für ein Wahnsinniger. Keine Ahnung, warum er danach aufgehört hat. War dieser letzte Mord etwas Besonderes? Hatte er irgendein Ziel erreicht?

Oder ist er schlicht und einfach gestorben oder weiter gezogen. Niemand weiß es. Bis heute nicht. Die Polizei hat dieses Monster nie gefunden. Nur eine Spur der Verwüstung hat es hinterlassen.«

Grant nahm nun ebenfalls einen Schluck von seinem Bier und er sah, dass Gunther es ihm gleich tat.

»Klingt in der Tat eigenartig, dass man nicht mehr davon im Internet findet.«

»Naja«, sagte Cassandra und tätschelte mit der Hand die Stuhllehne.

»Ist ja auch ganz schön verrückt. Und wie gesagt, es gab auch eine Menge Ungereimtheiten und widersprüchliche Beweise.«

»Zum Beispiel.«

»Daran erinnere ich mich nicht mehr. Weißt du, wie lange das schon her ist?«

»Und Cilmont ist heute eine Geisterstadt?«

»Wie mans nimmt. Die Mordserie und die Tatsache, dass viele die Stadt verlassen haben, ermöglichte es einem großen Agrarbetrieb etliche Grundstücke und Häuser zu einem extrem günstigen Preis aufzukaufen. Mit der Zeit haben sich neue Leute dort angesiedelt. Soweit ich weiß, wird dort viel in die Infrastruktur und Zukunft investiert. Aber etwas Genaues kann ich dir nicht sagen.

Ich hoffe ein ähnliches Schicksal bleibt Alpino Falls erspart. Das hier sieht mir mehr danach aus, als ob jemand mit der Angst der Leute vor dieser alten Geschichte spielt. Ich glaube nicht, dass Sasketoon zurückgekehrt ist und sein blutiges Werk fortsetzt. Das wäre der Dramatik doch bei Weitem zu viel.«

»Interessant, der Sheriff hat mir nichts über diese alten Fälle erzählt. Er hat lediglich irgendein Kinderbuch erwähnt, das diesen Namen trägt.«

»Ach ja das«, sagte Cassandra versonnen.

»Irgend so ein perverser Karikaturist hielt es damals wohl für witzig, gerade aus dieser schrecklichen Geschichte zuerst einen Cartoon für die Zeitung. Und später sogar ein Märchenbuch zu machen. Dabei nahm er einfach die Vogelscheuche selbst als Täter und lebendiges Wesen. Sasketoon als lebendige Vogelscheuche, die ihr Unwesen in den Maisfeldern und dunklen Straßen treibt.«

Sie lachte bitter.

»War wirklich ein gutes Mittel, die Kinder abends in den Häusern zu halten. Zumindest bis zu einem bestimmten Alter. Mit der Zeit gerieten aber zum Glück sowohl die Mordserie wie auch das Kinderbuch und die Figur Sasketoon in Vergessenheit. Glaube das Buch hatte sowieso keinen großen Absatz.

Und wenn, dann nur hier im County. Wenn es dich so sehr interessiert. In dem Regal hinter der Couch steht sogar ein Exemplar davon. Ich weiß nicht, warum es mein Onkel gekauft hat, aber ich habe es behalten. Vielleicht als Mahnung, nichts als selbstverständlich zu betrachten.«

Grant nickte.

»Danke, dass du mir die Geschichte erzählt hast. Ich kann mir vorstellen, dass es nicht leicht für dich war.«

Seine Tante legte ihm die Hand auf den Oberarm.

»Schon gut. Tut vielleicht sogar gut, sich hin und wieder daran zu erinnern und wert zu schätzen, dass man das Glück hat, gesund und am Leben zu sein. Und auch wenn ich nicht gern darüber spreche.«

Sie hob ihr Glas.

»Mit genügend Alkohol macht es mir sogar weniger aus, als ich gedacht hatte.«

Sie grinste.

»Dabei fällt mir ein, wo ist eigentlich mein persönlicher Kellner hin?«

Gunther stand lachend auf und schenkte ihr noch einmal nach.

»Also«, sagte sie dann. »Wenden wir uns ein wenig erfreulicheren Themen zu. In Ordnung?«

Beide Männer waren einverstanden. Während Cassandra sich weiter durch ihren Wein arbeitete, leerten Grant und Gunther jeweils noch ein Bier. Nach dieser ernsten Geschichte fühlten sich alle wohl bei seichteren Themen und bald wurde wieder gelacht und gescherzt.

Nach einer weiteren Stunde schlug Gunther schließlich vor, zu Bett zu gehen. Sie räumten sämtliche Utensilien ab und Grant entdeckte, bevor sie ins Haus gingen, in der Dunkelheit einen Güterzug, der sich der Stadt näherte. Die Lichter des Zuges bohrten sich in die Dunkelheit. Der Mais wurde gespenstisch erhellt und das Signalhorn zerriss die Stille der Nacht.

Für einen Sekundenbruchteil schweiften seine Gedanken zu Cassandras Geschichte zurück. Die Bahnlinie, die früher weiter südlich verlaufen war.

Und die Morde, die die gesamte Gegend in Angst und Schrecken versetzt hatten. Wieder ertönte das durchdringende Signalhorn.

Sie gingen ins Haus und wünschten sich eine gute Nacht.

Grant glaubte, in dem leicht alkoholisierten Zustand gut einschlafen zu können. Aber er lag noch lange wach und seine Gedanken fanden keine Ruhe.

Schließlich setzte er sich wieder auf der Couch auf und knipste die kleine Leselampe auf der Kommode an.

Das Licht tauchte das Wohnzimmer und die Bücherrücken in dem Regal hinter der Couch sofort in schummriges Licht. Grant brauchte ein paar Augenblicke, bis er die richtigen Worte auf einem der Buchrücken gefunden hatte.

»Das Märchen von Sasketoon.«

Alpino Falls

Tench und Katten entdeckten die Leiche von Larou noch in derselben Nacht. Nachdem seine Frau beunruhigt bei ihnen angerufen hatte und sagte, ihr Mann treibe sich seit über zwei Stunden in den Maisfeldern herum.
 Das sei gar nicht seine Art. Er habe nur kurz ihren Hund ausführen wollen. Eine Sache, die normalerweise maximal 30 Minuten dauere.
 Er ginge meist den gleichen Weg und auf dem kurzen Stück Straße bis zum Mais sei nichts los. Falls es einen Unfall gegeben hätte, hätte sie es gesehen.
 Katten scherzte noch, dass er vermutlich bei einer anderen sei. Oder er habe einfach einen Nachbarn getroffen und bei einem Plausch die Zeit vergessen. Aber da sie sowieso beide noch im Büro waren, entschlossen sie sich, sofort nachzusehen.
 Seit dem Mord gab es so viel zu tun, dass sie ohnehin glaubten, schon im Sheriffsoffice zu wohnen.
 Den Schreibtisch zu verlassen, war in dieser Situation eine willkommene Abwechslung.
 »Also los«, sagte Tench und zog sich die Jacke über, obwohl des bei den Temperaturen fast unnötig war.
 Sie traten in die Nachtluft hinaus. Die Fahrt zum Haus der Larous brachten sie in weniger als vier Minuten hinter sich.
 »Da hinten«, beschrieb ihnen die Frau kurz den Weg, den ihr Mann meistens mit dem Hund nahm.
 »In den Feldern kommt nach kurzer Zeit eine Brücke und von da führt

ein Pfad wieder hierher. Bitte beeilen Sie sich. Ich weiß, es muss etwas passiert sein. Ich würde selbst nachsehen, aber ich traue mich nachts nicht in die Felder. Und nach dem Mord schon gleich gar nicht. Ich habe William auch gesagt, er soll nur durch die Straßen gehen, aber er wollte nicht.«

»Wir sehen nach«, sagte Katten in beruhigendem Ton, während Tench schon wieder unterwegs in Richtung Straße war. Sie folgten dem Asphalt so lange, bis er in den beschriebenen Feldweg überging. Tench knipste seine Stablampe an und leuchtete umher. Der Boden ringsum war staubtrocken. Es war schwer, überhaupt irgendetwas zu sehen, das einer Spur ähnelte.

Als sie bei der Brücke ankamen, hatten sie noch immer nichts entdeckt.

»Okay, wo ist jetzt dieser Trampelpfad, von dem sie gesprochen hat?«, fragte Katten.

»Mr. Larou?«, rief Tench in die Dunkelheit.

»Hier ist der Sheriff. Sind Sie hier irgendwo?«

Keine Antwort außer dem Plätschern des Alpino Creek.

»He, was ist denn das?«, fragte Katten und deutete den Bachlauf hinunter.

Im Mondlicht glitzerte die Wasseroberfläche. Tench kniff die Augen zusammen. Nicht weit von der Brücke entfernt stand etwas im Wasser. Hoch aufgeschossen. Es sah merkwürdig dürr aus. Und dann erkannte er, was es war. Noch bevor der Lichtkegel seiner Stablampe darauf fiel.

»Scheiße!«

Die riesige Vogelscheuche stand mitten im Wasser auf zwei Pfählen und schien unheimlich auf sie zu zu laufen. Ausgestreckte Arme, Äste, die wie Klauen nach ihnen zu greifen schienen.

Eine schreckliche Ahnung stieg in Tench auf. Dann blieb sein Blick an dem Brückengeländer hängen. Um die mittlere Stahlstrebe war ein Seil gebunden, das nach unten führte. Er richtete den Lichtkegel darauf.

»Fuck«, entfuhr es Katten. Beide zogen ihre Waffen und stürzten zum Geländer.

Tench leuchtete über den Rand und nach unten. An dem Seil hing etwas. Schwer. Es war ein Körper. Bewegungslos.

»Nein, nein!«

Mit nach vorn gerichteten Waffen rannten sie nach unten zum Bachbett. Es war sandig. Sie sanken mit den Schuhen tief ein. Tench leuchtet den Körper ab. Das Seil war fest um seinen Hals gespannt. Darüber hinaus registrierte er zwei tiefe Wunden. Zweifellos war der Mann tot. Er schwang leicht im Luftzug unter der Brücke hin und her.

»Hey«, hörte er auf einmal Katten hinter sich. Sein Deputy hatte ebenfalls seine Lampe eingeschaltet und der Lichtkegel erfasste ein schmales Bündel am Bachufer.

Tench erkannte den toten Körper eines Hundes.

Chicago, vier Wochen vorher

Nachdem die Buchung der Flüge nach Portland und zurück erledigt war, gab es nun den Mietwagen als Dreingabe. Es musste echt aussehen. Und da er nicht übertreiben wollte, beschränkte er sich auf ein Modell mittlerer Größe.

Es würde ohnehin nicht viel bewegt werden. Lediglich vom Flughafen zum Haus ein wenig außerhalb der Stadtgrenzen. Brian grübelte nach.

Er hatte sich für den Nachmittag mit Celeste und Clarice in einem Pub auf einen Burger und ein paar Drinks verabredet.

Bis dahin musste er noch einige Dinge erledigen. Stolz betrachtete er den Bildschirm und atmete befriedigt aus. Es war seine Idee gewesen. Das alles war sein Plan. Und wenn alles danach lief, würde es der perfekte Coup werden. Ewig hatte er sich das Hirn zermartert und war immer wieder an dem gleichen Punkt gescheitert.

Einfach entmutigend.

Bis zu jenem schicksalhaften Tag vor ein paar Monaten. Als Paul ihm beiläufig von seinem Onkel in Portland erzählt hatte. Brian erinnerte sich daran, als wäre es gestern gewesen.

Am Anfang hatte er noch nicht einmal richtig zugehört. Aber dann war er hellwach gewesen.

Der arme Kerl war blind, lebte aber recht eigenständig in einem kleinen Haus außerhalb der Stadt. Er hatte Paul Unmengen von Fragen gestellt. Wo das Haus genau liege. Wie viele Nachbarn, Freunde, die vorbei kamen und so weiter.

Und in dieser Nacht hatte er vor Aufregung kaum schlafen können.

Um Mitternacht war er schließlich vor lauter Unruhe wieder aufgestanden, um seinen ersten rudimentären Entwurf zu skizzieren. Der Plan, der nun in seinem Kopf mittlerweile zum festen Credo geworden war. Es würde funktionieren, da war er sich sicher. Es würde funktionieren, weil es schlicht genial war.

Die größte Schwierigkeit bestand nun in den Feinheiten.

Nachdem er seine Kreditkartennummer angegeben und den Wagen bezahlt hatte, er war wie die Flüge überraschend günstig, packte er seinen Rucksack für die Uni.

Ein paar Stunden später saß er mit Celeste und Clarice vor ihren dampfenden Burgern zusammen. Besonders leiden konnte er die beiden nicht. Sie waren für seinen Geschmack zwei Nummern zu blond und zu eingebildet. Und ihr geistloses Geplapper ödete ihn jedes Mal an. Aber es gehörte ebenfalls zum Plan.

Einige Leute mussten von seinem Vorhaben, nach Portland zu fliegen und dort zwei Wochen mit Freunden zu verbringen, wissen. Wobei allerdings noch eine weitere Anforderung hinzu kam.

Die Freunde mussten dabei so gut sein, um als näheres Umfeld zu gelten. Aber auf der anderen Seite auch nicht so gut, dass sie auf die Idee kommen könnten, ihn in Portland besuchen zu wollen.

Gedanklich hakte er die beiden von seiner Liste ab.

Blieben noch Stuart und Janice.

Alpino Falls

Tench erwachte aus einem unruhigen Traum. Er rollte sich zu seiner Frau herum, die noch tief und fest schlief. Dann drehte er sich um und drückte auf seinen Wecker. Die Leuchtziffernanzeige sprang an.
5:53 Uhr.
Er stand so leise er konnte auf und ging hinunter in die Küche. Er fühlte sich wie erschlagen, konnte aber gleichzeitig nicht wieder Ruhe finden.
Bis 1 Uhr nachts war er am Tatort geblieben.
Das Spurensicherungsteam hatte Scheinwerfer aufgestellt, die die Nacht buchstäblich zum Tag gemacht und in weißes Licht getaucht hatten. Die Suchhunde hatten eine Fährte bis zum Bachbett verfolgt. Eigentlich alles wie beim letzten Mal. Nur spürte er instinktiv, dass dieses Mal etwas anders war.
Die Vogelscheuche war direkt am Tatort gestanden. Nicht erst im Nachhinein. Aber das war es nicht allein. Irgendetwas anderes trieb ihn um, ohne dass er sagen konnte, was genau es war.
Um genau 7 Uhr war er mit Katten westlich der Stadt verabredet. Die Ergebnisse der Spurensicherung würden noch ein paar Stunden auf sich warten lassen. So lange konnten sie einer weiteren Theorie seines Deputys nachgehen.
Wie jeden Morgen trat Tench auf die Veranda hinter dem Haus hinaus. Es ging ein leichter Wind.
Die Maisstängel wogten hin und her. Wirklich wie Wellen auf dem endlosen Ozean. Tench erinnerte sich an eine Fährüberfahrt vor Jahren, die er mit seiner Familie gemacht hatte.

Der Rhythmus der Halme erinnerte ihn an die peitschenden Schaumkronen auf dem Sund vor Rhode Island.

Etwas von den kühleren Temperaturen dort könnte jetzt auch hier nicht schaden, dachte er grimmig und zog einen alten Holzstuhl heran. Dann sah er wieder hinaus.

Eine weitere Assoziation drängte sich ihm plötzlich auf.

Vor etlichen Jahren hatte er einmal den Film »Der Geist und die Dunkelheit« gesehen. Grob gesagt ging es dort um zwei Löwen, die im Jahre 1898 in Afrika beim Bau einer Eisenbahnstrecke für Angst und Schrecken gesorgt hatten.

Sie töteten über mehrere Monate etliche der Gleisarbeiter, bis sie endlich von dem Projektleiter und einem weißen Jäger zur Strecke gebracht werden konnten.

Es war ein atmosphärisch dichter Film und er hatte Gänsehaut gehabt. Vor allem, weil die Geschichte auf Tatsachen beruhte.

Die Tiere waren keine Fiktion. Es hatte sie 1898 tatsächlich gegeben. Und sie schienen bei ihren Gemetzeln aus reiner Mordlust getötet zu haben. Noch heute konnte man sie in Chicago in einem Museum bestaunen. Er war sogar selbst einmal dort gewesen.

Die Augen der beiden Tiere waren gruselig. Die Menschenfresser von Tsavo. So wurden sie genannt.

Nach dem Namen des Flusses, über den damals die Schienenstrecke gebaut werden sollte.

135 Menschen sollten sie getötet haben. Nicht aus Hunger. Sondern aus reiner Blutgier. Allerdings fragte er sich, ob sein Eindruck der seelenlosen Augen daher rührte, dass er die blutige Geschichte der Tiere kannte und diese Assoziation hinein interpretierte. Oder ob man den Wahnsinn wirklich in ihren Augen lesen konnte.

Wie dem auch sei, jedenfalls hatten sie einen bleibenden Eindruck auf ihn hinterlassen. Er betrachtete konzentriert die hin und her wogenden Maisstängel. Sie erinnerten ihn an das Steppengras im Film, durch das sich die Löwen angepirscht hatten. Immer und immer wieder.

Erbarmungslos.

Wie die Augen zwischen den Halmen aufgetaucht waren und ihre Beute beobachtet hatten.

Unheimlich, wie sich ihm diese Assoziation geradezu aufdrängte. Und eine tatsächliche Gänsehaut überkam ihn, als er daran dachte, was wirklich dort draußen in den Stängeln lauerte. Der Tod.

Sasketoon, oder sein Nachahmer. Wie es auch sein mochte.

War er schon bei der ersten Vogelscheuche beunruhigt gewesen, so hatte der Mörder nun seine volle Faszination.

Er kannte die Geschichten. Er kannte die blutige Legende um die Morde in Lanch County.

Der Mais rauschte leise im Wind. Die Menschenfresser von Tsavo. Sasketoon hier in Alpino Falls. Das Grauen ist nach Tsavo gekommen hieß es in dem Film, wenn er sich richtig erinnerte.

Ein passender Satz. Und genauso war das Grauen auch nach Alpino Falls gekommen. Jetzt, hier, in diesem Moment.

Er verließ das Haus durch die Vordertür.

Mit dem Streifenwagen fuhr er durch die Stadt, bis das Ortsschild hinter ihm lag. Fünf Minuten später bog er in einen Feldweg ein. Nach mehreren Hundert Metern durch den dichten Mais hielt er schließlich hinter einem roten Chrysler an, der am Wegesrand geparkt war.

Kattens Auto.

Sein Deputy stand bereits daneben und kaute auf einem Grashalm herum. Als Tench ausstieg, spuckte er ihn weg.

»Na, alles bereit Sheriff?«

Tench blickte sich um. Die Sonne war bereits aufgegangen und stieg rasch höher. Metallisches Licht gleißte über die Landschaft. Ein leichter Schleier lag über den Maisfeldern. Vor ihnen sah er bereits den Dunst vom Bachlauf aufsteigen.

»Naja, ich weiß nicht. Aber es stimmt schon. Vielleicht hätten wir das schon früher machen sollen.«

»Ich glaube auch«, sagte Katten und kam zu ihm herüber. Tench kramte sein Handy heraus und öffnete eine Landkartenansicht.

»Wir sind genau hier«, sagte er und deutete auf einen weiten Bogen des Alpino Creek.
»Wie weit ist es bis zur Stadtgrenze?«
»Ungefähr fünf Kilometer.«
»Okay, ich denke, das sollte ausreichen.«
»Werden wir sehen.«
Katten überprüfte seine Waffe.
»Allerdings ist es ein purer Schuss ins Blaue. Der Mistkerl kann auch von beiden Tatorten im Bachbett bis in die Stadt gelaufen sein. Aber versuchen müssen wir es.«
Tench nickte.
Auf die Äußerung Kattens gab es nicht mehr viel zu sagen und so gingen sie schweigend bis zur Böschung des Bachlaufs. Katten sprang mit ein paar Sätzen über flache Steine darüber. Tench blieb auf der Seite, die näher zur Straße lag.
Dann gingen sie los. Den Blick auf den Boden und die nahe Umgebung gerichtet. Sie hielten Ausschau nach Fußspuren. Solche, die den Bachlauf verließen und auf abgeknickte oder gebogene Halme im Mais.
Über eine Stunde wanderten sie so dahin, während die Sonne stetig kletterte.

Alpino Falls

Grant sah den Wagen des Sheriffs am Haus vorbeifahren, als er sich rasierte. Offenbar war Tench noch früher auf den Beinen gewesen als er. Er goss sich in der Küche einen Pappbecher schwarzen Kaffee ein und machte sich damit auf den Weg.

Sein Wagen stand ein Stück die Straße hinunter. Nachdem er den Kaffee sicher in der Mittelkonsole deponiert hatte, startete er den Motor und fuhr durch die morgendliche Luft los. Sie war schon angenehm warm und so kurbelte er das Fenster herunter, während er an den ersten Schlucken nippte. Die Sorte, die Cassandra und Gunther tranken, war ziemlich stark.

Nach wenigen Minuten spürte er bereits die wachmachende Wirkung in sich aufsteigen. Die Stadtgrenze lag schnell hinter ihm. Sein Ziel war jedoch nicht der Highway, der ihn weiter in Richtung Nordwesten führen würde, sondern die Verbindungsstraße nach Galondale. Ohnehin verschwendete er an seine Reise nur noch sehr wenige Gedanken. Irgendetwas passierte in diesem Ort, das nicht mit rechten Dingen zuging.

Nach der Stadtgrenze beschleunigte er den Wagen und brachte die Strecke in gut einer Stunde hinter sich. Die Bibliothek öffnete um 8 Uhr. Noch genug Zeit also, sich vor Ort in der Stadt etwas umzusehen.

Aufs Geratewohl fuhr er kreuz und quer durch die Straßen und entdeckte ein vielversprechendes Steakhaus, von dem er sich vornahm, dort zum Mittagessen vorbei zu schauen.

Dann parkte er das Auto vor der Bibliothek. Ein schmuckloser Bau aus grauem Stein. Aber als er eintrat, umfing ihn sofort der Duft nach alten Büchern, den er so sehr liebte.

Ein paar Augenblicke ließ er die Atmosphäre von Wissen und Geschichte auf sich wirken. Dann ging er zu dem Informationspult hinüber. Von einem der jungen Mitarbeiter ließ er sich in die Benutzung der Workstations einweisen und holte sich anschließend einen weiteren Kaffee aus einem nahen Automaten. Natürlich schwarz. So wie er ihn liebte. Mit einem guten Kaffee war so ziemlich alles besser.

Mit dem gemütlichen Duft in der Nase setzte er sich zunächst jedoch nicht vor die Workstation, sondern vor eines der Fenster. Aus seiner Tasche zog er das Buch, das er mitgebracht hatte.

Das Märchen von Sasketoon. Er legte ein kleines Notizheft daneben auf den Tisch. Dann lehnte er sich zurück und begann, die Beine auf einer niedrigen Heizung aufgestützt, zu lesen.

Das Märchen von Sasketoon.

Es handelte sich fast ausschließlich um einen Bildband. Gezeichnet in einem knappen Stil mit verwaschenen Farben. Nur hin und wieder war eine erklärende Zeile oder ein Kinderreim eingefügt. Etwa warum Sasketoon dieses oder jenes Kind in seine Höhle schleifte oder umbrachte.

Seine Tante hatte nicht übertrieben. Einem gesunden Geist entsprang dieses Machwerk tatsächlich auf keinen Fall. Besonders wenn man die realen Hintergründe bedachte.

Dennoch las er es gewissenhaft zu Ende. Ab und zu machte er sich Notizen.

Die Zeichnungen bildeten die Mordserie im Großen und Ganzen recht genau nach. Setzte man voraus, dass sich Cassandra richtig an alle Details erinnert hatte.

An manchen Stellen wurden die Taten verharmlost. An anderer wiederum erstaunlich detailgetreu wiedergegeben. Ein paar wurden auch dazu erfunden. Offenbar schien es ein stringentes Muster nicht zu geben. Er erkannte zumindest keines.

Nach gut einer halben Stunde eingehender Lektüre war er fertig. Er machte eine Pause, wanderte ein bisschen zwischen den Bücherregalen umher und versuchte seine Erkenntnisse zu verarbeiten. Dann las er das

Buch noch einmal, wobei er versuchte, auf sämtliche Bilddetails zu achten. Den Hintergrund, das Arrangement der Figuren. Alles.

Wieder eine kurze Pause, bevor er umzog und an einer der Workstations Platz nahm.

Er hatte von dem Bibliotheksangestellten erfahren, dass sämtliche Ausgaben des Galondale Curier in dem Archiv abgespeichert waren. Und zwar von Gründung des Blattes um 1870 herum an bis heute.

»Beeindruckend«, hatte Grant gemeint, was dem Mann ein stolzes Lächeln entlockt hatte. Vermutlich erhielt er nicht häufig solche Komplimente. Ein Resultat seiner anerkennenden Worte war allerdings, dass der Mann ihm nicht nur die Benutzung des Geräts ausführlich erklärt hatte. Er hatte auch seine Hilfe angeboten, sollte Grant Schwierigkeiten mit dem Programm haben.

Es war schön zu sehen, dass Freundlichkeit sich doch hin und wieder auszahlte.

Er arbeitete sich im Verlauf der nächsten drei Stunden durch sämtliche Ausgaben des Curier von 1981 bis 1983. Zur Sicherheit fing er etwas früher an und hörte etwas später auf. Schließlich konnte sich Cassandra, was die genaue Zeit anging, getäuscht haben.

Aber wie er herausfand, war das nicht der Fall. Tatsächlich fanden sämtliche Morde im Jahr 1982 statt. Weder in den Ausgaben von 1981, noch von 1983 fanden sich Artikel über das Thema. Mal abgesehen von einer Randnotiz aus dem Jahr 1983, die auf den Jahrestag des ersten Mordes hinwies.

Um 12 Uhr unterbrach Grant seine Recherche für einhalb Stunden und ging in dem Steakhouse Mittagessen. Ein riesiges Rib Eye Steak mit Kartoffelbrei und Brokkoli.

Alles schmeckte hervorragend und so setzte er sich frisch gestärkt gegen 13:30 Uhr wieder vor die Workstation.

Gut eine weitere Stunde später war er schließlich fertig. Das Ergebnis war allerdings niederschmetternd.

Er hatte alle Artikel ausgedruckt und vor sich auf dem Tisch ausgebreitet. Eine Ansammlung des wahrhaft und reinem Bösen. Waren die

Artikel allein schon grausam detailliert und reißerisch. So waren es doch die Fotos, die den wahren Wahnsinn, das wahre Grauen hinter den Taten erst erahnen ließen.

Wie ein Strudel sogen sie den Leser hinein in eine Welt aus Abgründen. Dabei wurden die Leichen der Ermordeten noch nicht einmal gezeigt. Vielmehr konzentrierten sich die Fotos auf die Tatumgebung und vor allem auf die aufgestellten Vogelscheuchen. Eine gruseliger ausgeleuchtet als die andere.

Schon allein vom bloßen Betrachten der Fotografien bekam man eine Gänsehaut.

Das hier war das Böse in Reinkultur.

Grant betrachtete die Fotos eine Zeit lang mit nicht nachlassender Bestürzung.

1982.

Unterstellte man, dass der Täter um diese Zeit um die 20-30 Jahre alt gewesen war, so konnte er durchaus noch am Leben sein. Dennoch erforderte es einige Kraft, einen Mann wie Stoler zu überwältigen und ihn dann so rituell aufzubahren.

Es sprach gegen diese Theorie. Auch dass die Morde damals so abrupt aufgehört hatten, ließ eher vermuten, dass der Mörder entweder sein Ziel erreicht, weitergezogen oder schlicht gestorben war. Cassandra hatte vermutlich recht.

Das hier roch mehr nach einem Nachahmungstäter. Nach jemandem, der die Geschichte kannte und mit der Angst der Leute spielte.

Er packte alle Artikel zusammen und war gerade dabei, die Bibliothek zu verlassen, als sein Handy vibrierte. Er sah auf das Display. Dann nahm er den Anruf entgegen.

Es war Gunther, der ihm mit erstickter Stimme berichtete, man habe eine weitere Leiche gefunden.

William Larou, erhängt, und ganz in der Nähe wieder das unheimliche Symbol: eine Vogelscheuche. Grausam, furchteinflößend in ihrer Erscheinung.

Grant steckte schließlich das Handy wieder weg.

Sein Blick fiel beinahe magnetisch auf das Buch und die Artikel in seiner Hand.
Sasketoon die zweite, dachte er.
Dann verließ er mit abwesender Miene die Bibliothek.

Chicago, drei Wochen vorher

Sie einigten sich darauf, sich für ihr Vorhaben in der Universität zu treffen. Nicht nur, weil sie dort nicht auffielen. Sondern vor allem deshalb, weil niemand von ihnen eine geeignete Bleibe hatte.

In Brians Wohnung waren die Wände dünn wie Papier. Erst gestern hatte er sich wieder einen stundenlangen Streit seiner Nachbarn anhören müssen. Ihm klingelten jetzt noch die Ohren von den Beschimpfungen, die gerade die Frau vom Stapel gelassen hatte.

In Pauls Wohnung war es nicht besser. Alans Unterkunft kam ohnehin nicht in Frage, da er mit seinem Bruder zusammen wohnte und Joeys Wohnung war die reinste Katastrophe. Seine WG hatte außer ihm noch vier Mitbewohner. Zwei Männer, zwei Frauen, die bei den unpassendsten Gelegenheiten einfach hereinplatzten.

Nein, das hier war zweifellos ihre beste Option.

Wieder war Brian stolz, dass es letztendlich sein Einfall gewesen war, der sie hierher geführt hatte. Auch wenn er nur zufällig und durch einen Kommilitonen auf diese Möglichkeit gestoßen war.

Erkennen musste man es schließlich selbst. Und er hatte es erkannt. Zufrieden atmete er aus, als sie durch die Glastür eintraten.

Die Universität verfügte in der Haupt-Bibliothek über mehrere separate Räume im obersten Stockwerk. Streber-Ecken, wie die meisten sie nannten. So hatte es jedenfalls sein Kommilitone erzählt.

Wollte man zum Beispiel mit einer Lerngruppe ungestört sein und die anderen Studenten in der Bibliothek nicht mit Lärm belästigen, so gestatteten es die Vorgaben der Universität, sich an der Pforte einen

Schlüssel für ein solches Lernzimmer auszuleihen. Es gab insgesamt zehn.

Die Formalitäten waren einfach. Man musste nur fragen. Die Kosten niedrig. Denn es gab keine. Und das Beste von allem, in die Räume konnte sonst niemand hinein sehen. Lediglich zwei schmale Fenster gingen auf der anderen Raumseite auf den Campus hinaus.

»Wie bist du nur darauf gekommen?«, hatte Joey begeistert gefragt. Aber Brian hatte ihm nur wissend zugezwinkert und den Ruhm für die Idee für sich behalten.

Und nun waren sie hier.

Brian wartete, bis alle um den Tisch in der Mitte des Raumes Platz genommen hatten. Dann schloss er die Tür ab und öffnete seinen Rucksack.

Interessiert aber schweigsam sahen ihm die anderen dabei zu.

Er packte einen großen Kasten auf den Tisch. Dann holte er ein Kabel hervor, verband es mit dem viereckigen Ding und stöpselte es schließlich in eine der Steckdosen in der Wand ein.

Als nächstes holte er eine altertümlich wirkende Kassette hervor und legte sie in das Laufband ein.

»Etwas Antiquierteres hast du nicht auftreiben können, oder?«, witzelte Alan.

»Halt die Klappe.« Brian grinste. »Außerdem ist die Qualität fantastisch. Ich habe es schon ein paar Mal ausprobiert.«

»Na dann.«

Die anderen drei schauten fasziniert zu, wie Brian als letztes vor jeden von ihnen ein Mikrofon auf dem Tisch platzierte und probeweise in jedes hinein blies.

»Alles klar«, sagte er dann. »So weit, so gut.«

Jetzt kam das Wichtigste.

Er kramte wieder in den Tiefen seines Rucksacks und förderte diesmal vier Packen identisch bedrucktes Papier zu Tage. Dann setzte er sich vor sein eigenes Mikrofon und gab jedem von ihnen einen separaten Stapel.

»Lest es euch durch, bevor wir anfangen.«

Stille senkte sich über den Raum. Hin und wieder unterbrochen, wenn einer von ihnen eine Seite umblätterte.
Schließlich sagte Paul: »Spinnst du, das lese ich doch nicht vor. Ich komme da rüber wie ein idiotischer Dorftrottel.«
»Du hast eben getrunken«, gab Brian zurück. »Steht alles in den Regieanweisungen. Vielleicht kannst du auch versuchen, ein bisschen lallend zu sprechen, wenn du das hinkriegst.«
Paul sah ihn skeptisch an.
»Dann mach du das doch.«
»Ich bekomme auch noch mein Fett weg, keine Sorge«, erwiderte Brian und deutete auf den Rucksack, in dem sich noch etliche Packen Papier befanden.
Paul schien ein wenig besänftigt, brummte aber weiter missmutig vor sich hin.
»Also ich finde das lustig«, warf Alan ein. »Ist fast, als würden wir ein Theaterstück einstudieren.«
»Wenn es dir so gut gefällt, dann spiel doch du den Deppen.«
»Hey«, ging Brian dazwischen. »Können wir jetzt vielleicht anfangen?«
»Schon gut«, sagte Paul und konzentrierte sich wieder auf das Skript. »Sind alle fertig?«
Alle nickten.
»Dann los.«
Brian drückte auf einen Knopf und die Aufnahme begann zu laufen. Er machte Joey ein Zeichen, der daraufhin begann:
»Hey Leute, seht mal, was ich beim Joggen entdeckt habe.«
»Igitt Joey, das ist ekelhaft«, hielt sich Alan an das Drehbuch.
»Er schleppt immer alles mit nach Hause. Laut seiner Mom war das schon als Kind so.« Das war Paul.
So ging es weiter und bald waren alle in ihrem Element.
Brian war stolz auf seine kleine Laien-Theatertruppe.
Sie arbeiteten bis spät in die Nacht hinein.
Als sie die Bibliothek verließen und sich für übermorgen erneut verabredeten, war kaum mehr jemand auf dem Campus unterwegs.

Alpino Falls

Vielleicht hätte Katten nicht so optimistisch sein sollen. Aber irgendwie schien sein Deputy für diese Sasketoon Geschichte Feuer gefangen zu haben. Er schlief noch weniger als Tench, verbrachte fast seine gesamte Zeit im Büro oder bei Befragungen und ernährte sich von mittlerweile dramatisch ungesunden Mengen an Energy-Drinks.

Die wahre Karikatur eines engagierten Ermittlers.

Wenn er jedoch geglaubt hatte, ihre Exkursion zum Alpino Creek würde wirkliche Fortschritte für die Ermittlungen bringen, so hatte er sich getäuscht. Bisher zumindest.

Über zwei Stunden waren sie nun schon auf dem sandigen Bachufer unterwegs. Hatten mal diese, mal jene Stelle untersucht. Aber immer hatte es sich als Fehlschlag herausgestellt. Keine abgeknickten Maisstängel oder Fußspuren, dort, wo der Mörder nach seiner Tat den Bach möglicherweise wieder verlassen hatte.

Nur einmal hatte Katten geglaubt, er hätte etwas entdeckt. Aber seine anfängliche Euphorie hatte sich schnell wieder gelegt, als sich die Spuren im Sand als die eines Rindes oder etwas Ähnlichem herausgestellt hatten. So wie Tench vermutet hatte.

Es war viel wahrscheinlicher, dass der Täter nach den Morden im Bach eher den Weg Richtung Stadt eingeschlagen hatte. Das eine Mal von der einen Richtung, das andere Mal von der anderen.

Nachvollziehbarerweise barg es weit weniger Risiken. Das Bachbett war tief in die Landschaft eingegraben. Wenn man wollte, so konnte man selbst bei helllichtem Tag ungesehen hindurch gelangen.

Man musste sich nur ein wenig hinter die Böschung ducken, die den perfekten Sichtschutz bot.

Tench stieg über einen dicken Ast hinweg, der ihm im Weg lag. Auf der anderen Seite registrierte er, dass Katten gerade ein ähnliches Manöver an einem Stein vollführte.

Und innerhalb der Stadtgrenzen gab es nicht weniger als drei Brücken. Alle unter den Fahrbahnen mit betonierter oder geschotterter Fläche bis zum Wasser, wo man leicht ohne Spuren den Bach wieder verlassen konnte.

Er lauschte auf das Plätschern des Wassers, das an dieser Stelle über zahllose flache Kiesel hinweg sprang.

Bot dieses Verhalten schon bei Tag nur geringe Chancen entdeckt zu werden. So war es bei Nacht geradezu ausgeschlossen. Der Killer hatte den Schutz der Dunkelheit zusätzlich auf seiner Seite.

Tench seufzte. Wenn es denn überhaupt so war. Dieser Fall barg so viele Ungewissheiten und Unwägbarkeiten, dass ihm darüber beinahe schwindelig wurde. Eines jedoch stand zweifellos fest. Der Mörder schien bisher äußerst vorsichtig und präzise vorgegangen zu sein und kannte sich vor allem gut in der Gegend aus.

Aber vielleicht war auch das genaue Gegenteil der Fall und es war schlicht ein völlig Irrer. Dann wäre es durchaus möglich, dass Kattens Idee sogar Erfolg haben konnte.

Am Ende fanden sie den Kerl vielleicht doch irgendwo dösend am Bachufer. Aber wirklich daran glauben konnte Tench nicht. Er war schon mehr als zufrieden damit, dass die Leute in der Stadt in der Zwischenzeit nicht so sehr in Panik geraten waren, wie er es befürchtet hatte.

Alles lief noch vergleichsweise ruhig und zivilisiert ab. Er konnte nur hoffen, dass das auch nach dem zweiten Mord so bleiben würde. Sie mussten ein paar Ergebnisse vorweisen. Aber es war zum Verrücktwerden. Niemand in der ganzen Stadt hatte etwas Verdächtiges gesehen oder gehört.

Entschlossen stapften sie weiter.

Nach gut einer weiteren halben Stunde kamen schließlich die ersten

Häuser in Sicht. Davor auf Tenchs Bachseite ein großer Holzschuppen, der mitten im Mais stand.

»Der gehört Lenard Measer«, rief Katten vom anderen Bachufer herüber.

»Was will der denn mit einem Verschlag mitten im Mais?«, fragte Tench zurück. Der Mann lebte auf der anderen Seite der Stadt. Und von einem Farmer war der über 60-jährige weiter entfernt als Muler von einem engagierten Polizisten.

»Keine Ahnung.« Katten wandte sich wieder dem Boden vor sich zu.

Tench ging noch ein paar Schritte. Dann bog er zu dem Schuppen ab. Er stand ein wenig oberhalb der Böschung. Ein Pfad aus platt getrampelter Erde führte davon ausgehend in Richtung Straße.

Das Ding sah ziemlich wackelig aus. Einige Bretter und Balken bogen sich besorgniserregend und an manchen Stellen war das Holz bereits stark verfault. Etliche Ranken wuchsen an der Seite des Gebäudes nach oben.

Als Tench davor ankam, bemerkte er die ebenso klapprige Tür, die mit einem rostigen Riegel verschlossen war. Das ganze Gebilde war kaum größer als eine Einzel-Garage. Vorsichtig umrundete er das Bauwerk. An der Seite, die Richtung Maisfelder zeigte, waren zwei Bretter aus der Wand gebrochen, sodass man ins Innere sehen konnte.

Tench schaltete seine Stablampe ein und zog mit der anderen seinen Revolver.

Dann zwängte er sich in die Hütte. Staubiges Dunkel hüllte ihn ein und ein Hustenreiz stieg in seiner Kehle empor.

Rasch leuchtete er die Umgebung ab.

Er war allein.

Der Boden bestand ebenfalls aus Holzplanken, über denen ein schäbiger Teppich lag.

Ein paar Mäuse huschten flink in einer Ecke davon, als der Lichtstrahl sie erfasste. Die Bretter unter seinen Füßen gaben leicht nach, während er sich in Richtung Mitte der Hütte bewegte. Im übrigen Raum waren allerhand Gartengerätschaften verteilt. Hacken, Sägen, sogar eine alte Werkbank mit etlichen Kerben stand herum.

An eine der Seiten entdeckte er eine Art Holzlager mit Balken und dünnen Brettern. Es waren solche, aus denen auch die Vogelscheuchen zusammen gezimmert waren. Ansonsten standen nur noch ein paar Eimer mit Farbe und eingetrocknete Pinsel umher.

Tench verließ die Hütte vorsichtig wieder.

Draußen angekommen, suchte er in der Umgebung ringsum den Boden ab. Vor allem vor der Vordertür entdeckte er einige Fußabdrücke im staubigen Erdreich.

Zur Sicherheit zog er sein Handy hervor und machte ein paar Bilder.

Dann ging er wieder hinunter zum Bach. Katten wartete bereits auf ihn.

»Was gefunden?«, fragte er.

Tench schüttelte den Kopf.

»Nicht wirklich.« Er würde die Fußabdrücke mit denen am Tatort vergleichen, erhoffte sich jedoch keinerlei Ergebnisse.

Sie suchten weiter akribisch das Bachufer ab.

Allerdings fiel das Ergebnis dürftig aus. Und innerhalb der Stadtgrenzen wurden die Möglichkeiten, irgendwelche Spuren zu finden, noch weniger. In den Randbezirken sah Tench ein paar Häuser, die zum Verkauf standen. Zum Teil sogar recht schöne Bauten, die jedoch aus welchem Grund auch immer, ihren Eigentümern nicht mehr genügt hatten. Weiter Richtung Ortskern wurde die Bebauung dichter.

Er und Katten fanden bis auf zwei, drei Fußabdrücke in der Nähe des Baches nichts, was es wert war, besonders beachtet zu werden. Und selbst diese Abdrücke konnten von Anglern oder badenden Jugendlichen stammen.

Dennoch dokumentierten sie alles gewissenhaft.

Auch an dem Tatort, der immer noch mit Absperrband gekennzeichnet war, kamen sie vorbei.

Es war ein eigenartiges Gefühl, hier unter der dunklen, kühlen Brücke hindurch zu laufen, von der noch vor wenigen Stunden die Leiche von William Larou gebaumelt hatte.

Sie blieben ein paar Minuten lang stehen.

Am anderen Ende der Stadt war die Tankstelle von Clive Drechsler das letzte Gebäude, das sie passierten, ehe sie wieder in das Maismeer eintauchten. Dahinter kam noch ein weiterer kleiner Schuppen. Und dann nichts mehr.

Sie folgten dem Bachlauf noch eine weitere Stunde, aber schließlich gaben sie es auf. Katten kam zu Tench auf die andere Bachseite hinüber und sie setzten sich gemeinsam in den Schatten eines Busches, der am Bachufer gewachsen war, zogen Schuhe und Socken aus und streckten ihre Füße zur Abkühlung in das plätschernde Nass.

»Na das war ja ein Volltreffer«, scherzte Katten ironisch über die eigene Idee, nachdem sie ein paar Augenblicke schweigend dem Wasser gelauscht hatten.

»Es war ein guter Einfall«, widersprach Tench und begutachtete die eigenen Füße. »Wir mussten es versuchen. Und schließlich hätten wir ja auch etwas finden können.«

Katten beförderte einen Kiesel in den Bach.

»Haben wir aber nicht.«

»Naja, ein Großteil der Polizeiarbeit ist Fleiß, nicht aufgeben und manchmal eben Glück. Manchmal hat man es, manchmal nicht. Irgendwann wird sich schon etwas ergeben.«

»Ich kann sowieso nicht glauben, dass bislang niemand etwas gesehen hat. Es gibt doch genug Menschen hier in der Stadt, denen sonst nichts entgeht und die sich über alles und jeden das Maul zerreißen. Was ist mit denen?«

»Ist ja ein ganz gutes Beispiel, wieviel von dem, was sie ansonsten so von sich geben, auf wahren Beobachtungen beruht.«

Katten grinste.

»Schon möglich. Aber zumindest ein Hinweis wäre ganz nett. So habe ich das Gefühl, dass wir nur im Trüben fischen.«

»Ist ja auch so«, sagte Tench mit einem Achselzucken. »Aber wo keine Hinweise, da keine Ermittlungen.«

Für einen Augenblick kehrte Stille zwischen ihnen ein.

»Was ist eigentlich mit Marser?«, fragte Katten schließlich.

»Was soll mit ihm sein?«

»Na ich meine, es ist doch zumindest ungewöhnlich, dass beide Toten etwas mit ihm zu tun hatten. Der erste hat ihm womöglich ein Geschäft vermasselt, der zweite arbeitete direkt für ihn.«

»Worauf willst du hinaus?«

»Keine Ahnung. Ich finde es nur eigenartig. Der Typ war mir schon immer suspekt. Vielleicht hole ich für uns ein paar mehr Informationen über ihn ein.«

»Wenn du es nicht lassen kannst.«

Katten gab nicht auf.

»Was hatten die Toten denn sonst gemeinsam außer das? Irgendeine Verbindung muss es doch geben.«

Er platsche unruhig mit den Füßen herum.

»Nicht immer«, antwortete Tench.

»Aber ich weiß, worauf du hinaus willst. Stolers Vergangenheit war unspektakulär. Zumindest sehen wir nichts Besonderes. Vielleicht haben wir ja bei Larou mehr Glück. Oder es eröffnet sich wenigstens ein Hinweis. Wir werden sehen. Die Ergebnisse der Spurensicherung und der Obduktion müssten auch bald eintrudeln.«

Wie zur Bestätigung fing plötzlich Tenchs Handy an zu vibrieren. Es war Muler.

»Ja, stell ihn durch«, sagte er knapp.

Dann hörte er gut zehn Minuten lang einfach nur zu. Ein gelegentliches »Ich verstehe« oder »Aha«, kam über seine Lippen. Mehr aber auch nicht.

Katten hielt es irgendwann kaum noch aus. Als Tench schließlich auflegte, platzte er fast vor Neugier.

»Und?«

Tench starrte eine Sekunde lang ungläubig das Handy in seiner Hand an. Dann begann er mit verwirrter Stimme zu sprechen. Katten merkte, dass er sich stark konzentrieren musste.

»Jetzt wird es immer eigenartiger«, murmelte Tench.

»Was, was ist?«

Katten hätte ihn am liebsten geschüttelt, damit sein Boss endlich den Mund aufmachte.

»Du wirst es nicht glauben. Aber sowohl die Fußabdrücke, die bei Larou gefunden wurden, wie auch die DNA-Spuren, die wir auch bei diesem Mord unter den Fingernägeln der Leiche gefunden haben, stimmen nicht mit denen vom ersten Tatort überein.«

Katten starrte Tench an.

»Was? Soll das etwa heißen, wir …?«

Er ließ den Satz in der Luft hängen, aber beiden war die Schlussfolgerung klar.

Tench nickte.

»Ja, offenbar haben wir einen zweiten Killer.«

Alpino Falls

Es war um die Nachmittagszeit herum als Grant wieder in Alpino Falls eintraf. Er fuhr direkt zum Büro des Sheriffs und tauschte sich mit Tench aus. Tatsächlich war dieses Zusammentreffen jedoch eher verwirrend als hilfreich.

Der Umstand, dass es offenbar nach neuesten Erkenntnissen einen zweiten Killer gab, passte nicht ins Bild.

Mit einem unguten Gefühl setzte sich Grant wieder ins Auto und blieb, nachdem er den Wagen in Cassandras Auffahrt geparkt hatte, noch eine Weile darin sitzen.

Nein. Das ergab überhaupt keinen Sinn. Zwei Mörder, und dann auch noch die Verbindung zu Sasketoon. Die Gedanken drehten sich wirr in seinem Kopf.

Mit einer vagen Stimmung des Zweifels stieg er in die warme Nachmittagsluft hinaus und ging ins Haus.

Cassandra und Gunther saßen wieder auf der rückwärtigen Terrasse unter dem Sonnenschirm. Allmählich bekam Grant den Eindruck, dass sie das fast ständig taten.

Wie gewöhnlich stand ein Krug mit eisgekühltem Wasser auf dem Tisch. Aber davon Gebrauch machte keiner von beiden.

»Da bist du ja«, sagte Cassandra mit kaum gehobener Stimme, als sie ihn bemerkte.

»Weißt du, bevor du hier aufgekreuzt bist, war das ein ruhiges, nettes Städtchen.«

»Ich dachte der erste Mord wäre vor meinem Eintreffen passiert.«

»Sollte nur ein Witz sein.«
Aber sie lachte nicht.
»Warst du schon beim Sheriff?«, erkundigte sich Gunther.
»Ja.«
»Und?«
Grant berichtete in groben Zügen.
»Ist schon verrückt«, murmelte Gunther, als er geendet hatte. »Ich hätte nie gedacht, dass so etwas einmal hier passieren könnte. In einem so verschlafenen Nest. Hier sagen sich doch Fuchs und Hase gute Nacht. Das Aufregendste, dass sich hier mal ereignet ist, wenn der Supermarkt die Preise erhöht oder die Jugendlichen Müll im Park herumliegen lassen.«
Er lachte bitter.
»Und jetzt das.«
Cassandra verdrehte die Augen.
»Wobei es um den Mistkerl Larou nun nicht gerade schade ist.«
»Cassandra«, sagte Gunther entrüstet.
»Ist doch so, oder?«, gab seine Tante nicht klein bei. »Was der Trottel alles in seinem Leben verbockt hat und wie vielen Leuten er geschadet hat.«
Sie deutete auf Gunther.
»Kannst du dich noch an die Smiths erinnern?« Sie hob die Augenbrauen.
»Oder an diese Geschichte mit Caprice? Und da war sie bestimmt nicht die Erste. Ich habe da so ein paar Sachen gehört. Nicht zu vergessen, dass er vielleicht sogar für den Tod seiner Frau verantwortlich war. Der Typ konnte froh sein, dass Marser Mitleid hatte und ihm damals einen Job gegeben hat.«
»Trotzdem«, mahnte Gunther, »man sollte sich über Tote nicht so das Maul zerreißen.«
Cassandra lachte amüsiert auf.
»Wieso bei ihnen eine Ausnahme machen? Das ist genau die Art falscher Frömmigkeit, die in diesen Nestern zu Hause ist. Manchmal möchte ich mich bei so viel Scheinheiligkeit am liebsten übergeben.«
Zum wiederholten Male fragte sich Grant, warum seine Tante und ihr

Mann ihren Wohnsitz in New York aufgegeben hatten und hierher gekommen waren. Aber nun beschäftigte ihn noch etwas ganz anderes. Cassandras Aussagen hatten ihm schlagartig eines klar gemacht. Seine Tante war womöglich eine der besten Informationsquellen, die er hier im Ort überhaupt finden konnte.

Vermutlich konnte er von ihr sogar mehr erfahren, als wenn er die gesamte Nachbarschaft stundenlang einzeln befragen würde.

Einiges von dem, was sie von sich gab, waren sicherlich Gerüchte und Tratsch. Dennoch hielt er sie für intelligent genug, haltlose Behauptungen von Tatsachen oder zumindest Indizien zu unterscheiden. Mit Sicherheit konnte es zumindest nicht schaden, ihre Meinung zu hören.

»Was ist das für eine Sache mit den Smiths oder Caprice?«, fragte er deshalb.

Er sah aus den Augenwinkeln, dass Gunther abwinkte.

»Gies doch nicht auch noch Öl ins Feuer«, sollte sein Blick wohl ausdrücken. Aber Grant fragte weiter: »Und warum sollte er seine Frau umbringen?«

Cassandra zwinkerte ihm zu.

»Wenigstens einer hat den Mut, den Tatsachen ins Auge zu sehen.«

Grant sagte nichts.

Gunther stand auf und ging ins Haus.

Cassandra schien es jedoch noch nicht einmal zu bemerken.

»Also bevor er bei Marser angefangen hat, hat Larou lange Jahre für die örtliche Bank gearbeitet. Eben das, was man als Bankmensch so macht. Kunden in Anlagefragen beraten, Kredite vergeben, für die Bank in interessante Wertpapiere investieren.«

Ein Schmetterling landete auf dem Rand des Wasserkruges und tat sich an dem Kondenswasser gütlich. Grant beobachtete das schöne Tier ein paar Sekunden, ehe es weiterflatterte.

»Darin war er wohl recht gut, ging gleichzeitig jedoch auch ziemliche Risiken ein. Sowohl im Job, wie auch in sonstigen Angelegenheiten im Büro. Wenn du verstehst, was ich meine.«

»Er hat sich an Kolleginnen herangemacht?«

»Oh nicht bloß Kolleginnen. Vornehmlich Praktikantinnen. Junge Dinger, die kaum erwachsen waren.

Es war einfach nur ekelhaft. Aber dazu komme ich noch. Nein, das, was ich mit den Smiths gemeint habe, war, dass er bisweilen Leuten Kredite aufgeschwatzt hat, die sie sich eigentlich gar nicht leisten konnten. Bei ihnen hat er es auf die Spitze getrieben. Er hat dem gutgläubigen Robert den Kredit für sein Haus mit so hohen Zinsen versehen, dass der darunter fast zusammengebrochen ist. Ein unerfreuliches Kapitel.

Irgendwann wurde es so schlimm, dass Robert ihn um eine Stundung des Darlehens gebeten hat.

Aber Larou war unerbittlich und hat nicht mit sich reden lassen. Offenbar sah Robert irgendwann keinen anderen Ausweg mehr. Mit einer Frau, zwei Kinder im Haus und einen Berg angehäufter Schulden am Hals, war er so verzweifelt, dass er sich schließlich vom Dach seiner Scheune gestürzt hat. Scheußliche Sache.«

Sie machte eine kurze Pause.

»Die Frau ist daraufhin mit den beiden Kindern weggezogen. Das ist schon etliche Jahre her. Genauso das mit den Praktikantinnen. Da lief sogar mal ein Gerichtsverfahren. Sexuelle Nötigung oder Erpressung oder sogar Vergewaltigung. Ich weiß es nicht mehr genau.

Jedenfalls hieß das Mädchen Caprice.

Das war damals eine ziemlich heiße Story. Es ging sogar so weit, dass die Brüder des Mädchens Larou aufgelauert und bedroht haben.«

Sie verlagerte ihre Position in dem Gartenstuhl. Der gab ein leises Ächzen von sich.

»Irgendwann wurde dann offenbar auch der Bank sein Verhalten ein bisschen zu wild. Er wurde ein paar Mal ermahnt. Aber als er auch dann nicht seine Finger von Kolleginnen und Praktikantinnen lassen konnte, haben sie ihn eines schönen Tages an die Luft gesetzt. Von heute auf morgen war er niemand mehr.

Er kann, wie bereits erwähnt, von Glück reden, dass Marser ihn eingestellt hat. Hier in der Stadt ist er ziemlich verhasst. Glaube nicht, dass er anderswo einen Job gefunden hätte. Vermutlich hätte er wegziehen müssen.«

»Wer ist Marser?«
»Ihm gehört das Schlachthaus auf dem Hügel jenseits der Stadt.«
»Verstehe.«
»Ich denke Larou war ganz schön zwiegespalten. Einerseits musste er ja froh sein, Arbeit zu finden. Andererseits muss es wie verrückt an ihm genagt haben. Vom angesehenen Banker zum Logistik-Vorarbeiter in der Tierschlachtung. Das muss ihn fertig gemacht haben.«
»Und was ist damit, dass er für den Tod seiner Frau verantwortlich war?«
Grant bemerkte ein Zögern bei Cassandra.
»Naja«, sagte sie vorsichtig. »Das ist der Punkt, über den ich am wenigsten weiß. Offiziell ist sie an einem Herzinfarkt gestorben. Allerdings war sie da gerade erst 37 Jahre alt.«
Sie hob die Hände.
»Damit will ich nicht sagen, dass es nicht so gewesen sein kann. Aber es gab Gerede, sie wäre stattdessen in Wahrheit bei einem Streit mit ihrem Mann die Treppe herunter gefallen und wäre durch den Aufprall auf den Kopf und ein Blutgerinnsel gestorben. Wenn ich mich richtig entsinne, kannte jemand einen Angestellten in der Gerichtsmedizin in Galondale und das hat die ganzen Gerüchte ins Rollen gebracht.«
Sie verscheuchte eine Mücke mit der Hand, ehe sie weiter sprach.
»Vorstellen könnte ich es mir. Dass Larou gewalttätig sein soll, habe ich schon aus mehreren Quellen gehört, die es wissen sollten.«
»Hm«, Grant nickte.
Natürlich stellte dieses Dorfgerede keinerlei Fakten dar, auf die man eine Ermittlung stützten konnte. Aber sie waren dennoch hilfreiche Erkenntnisse.
»Und was ist mit Stoler?«
»Wem?«
»Dem ersten Opfer.«
»Ach so, hm. Naja über den weiß ich eindeutig nicht so viel.« Sie dachte nach.
»Auf jeden Fall ist mir nichts Negatives über ihn zu Ohren gekommen.

Aber wenn du mir etwas Zeit gibst, frage ich Nancy Stoddard. Die müsste einiges über ihn wissen. Schließlich hat sie über sieben Jahre bei ihm geputzt. Ich werde sehen, was ich tun kann.«

Grant lächelte.

»Das wäre toll Tante Cassandra.«

»Du hast bestimmt nicht damit gerechnet, dass in unserem Idyll hier so viel los ist, als du dich entschieden hast, hier Station zu machen, was?«

Grant presste die Lippen aufeinander.

»Kann man wohl sagen.«

Es entstand ein kurzer Moment Stille, in dem Grant nur das Rattern der Marquise im Wind hörte. Schließlich ergriff seine Tante wieder das Wort.

Sie klang leise, fast ängstlich.

»Glaubst du …«, begann sie. »Ich meine, schließlich bist du Polizist und kennst dich aus. Glaubst du, es wird weiter gehen?«

Mit gerunzelter Stirn sah Grant auf das wogende Meer aus Maisstängeln hinaus.

»Wer weiß, Tante Cassandra, wer weiß.«

Chicago, zwölf Tage vorher

Brian spähte nach vorne in den leeren Hörsaal. Bis vor gut zehn Minuten hatte der Professor noch vor sich hin schwadroniert. Dann hatte er jedoch die Vorlesung ziemlich abrupt beendet und alle waren zielstrebig gegangen. Alle bis auf ihn.
 Schweigend, teilnahmslos saß er in einer der hintersten Reihen und starrte vor sich hin.
 Es war kurz nach 20 Uhr.
 Schließlich, nach weiteren Minuten der untätigen, phlegmatischen Lethargie, stand er auf und schleppte sich wie in Trance zum Ausgang.
 Der spuckte ihn in den noch von Studenten bevölkerten Gang vor dem Hörsaal aus. Er holte seine Jacke von einem der aufgestellten Kleiderständer, urinierte gedankenverloren auf der Herrentoilette und trottete dann durch die Nacht zurück zu seiner Wohnung.
 Er hatte es nicht eilig.
 Es war ein langer Marsch. Mehrere Kilometer und für gewöhnlich nahm er den Bus. Aber er wollte für sich sein. Wollte diese Einsamkeit, diese Ruhe genießen.
 Der Verkehrslärm war im Vergleich zu den Mittagsstunden kaum noch erwähnenswert und nur hin und wieder fuhr ein Auto an ihm vorbei. Niemand nahm von ihm Notiz. Nicht die entgegen kommenden Passanten. Nicht einmal sein direkter Nachbar, der aus dem Haus kam, kurz bevor er es betreten wollte.
 Er schlüpfte durch die Tür, noch bevor sie wieder ins Schloss fiel und berührte sie nicht einmal.

Was war noch zu tun? Alle Elektrogeräte ausschalten. Den Müll entsorgen. Die Pflanzen wässern.
Mehr nicht. Ein paar simple Aufgaben. Alltägliche Verrichtungen im Strome der Großstadt. Er erledigte sie routiniert und in weniger als einer Viertelstunde. Dann betrachtete er seine karge Wohnung, trat an das Küchenfenster und blickte auf die Stadt hinunter.
Sie lag friedlich und schimmernd unter ihm.
Aus dem Schlafzimmer holte er seine bereits gepackte Tasche und verließ das Gebäude über die Hintertreppe. An der nächsten Kreuzung nahm er sich ein Taxi.
Auf dem Weg zum Flughafen beantwortete er einige E-Mails. Die meisten irgendwelcher Studentenkram von der Uni. Mäßig bis völlig unwichtig. Am Terminal angekommen bezahlte er den Fahrer und betrat den Flughafen.
Sein Flug nach Portland stand noch nicht auf der Anzeigetafel.
Eine Weile schlenderte er durch das weitläufige Terminal, ging mal in diesen, mal jenen Shop, blätterte Zeitschriften durch und gönnte sich dann in einem Fast-Food-Laden ein dürftiges Essen.
Er registrierte kaum den Geschmack und aß mechanisch und wie auf Autopilot, allein um etwas im Magen zu haben. Er verabscheute Flugzeugessen und die Atmosphäre, in der man es zu sich nehmen musste, fast noch mehr.
Zusammengepfercht wie eine Herde Schweine, die darauf warteten, dass jemand vorbei kam und etwas in ihren Futtertrog warf. Es war beinahe schon entwürdigend.
Das Einzige, was er sich über den Wolken hin und wieder gönnte, war ein Glas von irgendeinem Tee, der verabreicht wurde.
So auch dieses Mal.
Die Maschine war pünktlich. Er kam ohne Probleme durch die Kontrollen und der Flug nach Portland verlief vergleichsweise komfortabel. Keine Turbulenzen, keine Warteschleifen.
Wenige Stunden später trat er im Flughafengelände von Portland an den Schalter der Autovermietung, bei der er den Wagen reserviert hatte.

Eine ausgesucht hübsche Blondine bediente ihn mit freundlichem Lächeln und angenehmer Stimme.

Alles verlief bislang nach Plan.

Nach einer weiteren Viertelstunde schlenderte er durch eine der Türen in die Nachtluft von Portland hinaus. Er fand den Parkplatz für die Mietwagen ohne Probleme und warf seine Tasche auf den Rücksitz des Wagens. Ein fast fabrikneuer Nissan, der noch deutlich den Neuwagengeruch ausdünstete. Kaum 2000 Kilometer auf dem Tacho. Perfekt.

Kurz bevor er den Zündschlüssel herumdrehte, fragte er sich, von wie vielen Sicherheitskameras er wohl gerade gefilmt worden war. 11 hatte er bewusst wahrgenommen. Und im Fokus dieser 11 hatte er sich auch bewusst lange aufgehalten. Jeder sollte sehen, dass er hier war.

Daneben gab es bestimmt ein weiteres Dutzend Kameras, die er noch nicht einmal registriert hatte. Gut so.

Zufrieden fuhr er vom Parkplatz und gab, während er an einer Ampel warten musste, die Adresse in sein Navigationssystem ein.

Es zeigte ihm eine Entfernung von 25 Kilometern an. Im Geiste überschlug er eine zweite Entfernung im Kopf.

Er wusste, dass jeder ihrer kleinen Theatertruppe gerade ein ähnliches Manöver wie er selbst vollführte. Alan und Joey hatten sich zusammen einen Flug gebucht und teilten sich ebenfalls einen Mietwagen. Paul war erst zu Verwandten nach Minneapolis gefahren und reiste von dort und mit einem Tag Vorlauf an.

Sie reisten so an, weil Brian geplant hatte, dass sie so anreisen sollten.

Nebel zog über der Stadt herauf, als er das Flughafengelände verließ und die Strecke in Angriff nahm.

Alpino Falls

»Ich habe jetzt die Fakten beisammen«, verkündete Katten stolz um 20:30 Uhr.
Tench hatte sich gerade einen neuen Stapel Akten auf den Schreibtisch geladen. Muler lungerte lustlos an seinem Schreibtisch herum.
»Was meinst du damit?«, fragte Tench und sah zu, wie sein Deputy stolz ein paar Blatt Papier in der Luft herumschwenkte.
»Ich habe jetzt alle Fakten über Marser.«
»Ach das«, knurrte Tench.
Er war sich ziemlich sicher, dass Katten auf dem Holzweg war.
»Du hast ihn doch nicht ernsthaft im Verdacht, etwas damit zu tun zu haben?«, mischte sich selbst Muler ein.
Katten hob die Hände.
»Keine Ahnung. Vielleicht, vielleicht nicht. Auf jeden Fall kann es nicht schaden zusätzliche Informationen zu haben. Vielleicht kommt uns ja der Zufall zu Hilfe.«
»Dann aber bitte früher als später«, murmelte Tench.
»Hast du auch die Infos über Larou?«
Katten reckte stolz den Kopf nach oben.
»Klar, kennst mich doch, Boss. Mittlerweile bin ich die reinste Recherchiermaschine.«
Tench ließ sich in seinen Schreibtischsessel fallen. Dann warf er einen Blick auf die Uhr.
»Na dann lass mal hören«, sagte er mit entspannter Stimme. Er genoss die Kühle der Klimaanlage. Draußen hatte es immer noch an die 30 Grad.

»Also«, sagte Katten und setzte sich auf.

»Das sind zwei Lebensläufe, wie sie unterschiedlicher nicht sein könnten, das sage ich euch.«

»Ja, und?«, fragte Muler. »Jetzt machs nicht so spannend, verdammt. So interessant kann es nun auch wieder nicht sein.«

»Vielleicht hätte ich die Recherche dir überlassen sollen, dann hätten wir bis jetzt noch nichts«, blaffte Katten zurück.

»Hey Leute, langsam, langsam«, sagte Tench. Er warf beiden einen strengen Blick zu.

»Lies einfach vor.«

»Also«, nahm Katten einen neuen Anlauf, »was interessiert euch mehr, Marser oder Larou?«

»Zuerst Larou, dann hast du dein Highlight für den Schluss übrig«, schlug Tench mit einem Augenzwinkern vor.

»In Ordnung.« Sein Deputy schichtete die Papiere um.

»Geboren 1962 in Galondale als William Buchannon, die Mutter hat sich scheiden lassen und hat Jahre später wieder geheiratet. So wurde er 1979 zu William Larou.«

»Da gefällt mir Buchannon besser«, sagte Muler.

»Schule, College, alles nichts Außergewöhnliches. Ist selbst Witwer, weil seine erste Frau vor Jahren an einem Herzinfarkt gestorben ist.«

Muler hustete künstlich.

»Ja ja, ich kenne die Geschichten auch.«

»Welche Geschichten?«, fragte Tench. Seine beiden Deputys warfen ihm einen verständnislosen Blick zu. Sie waren viel mehr in das soziale Dorfleben integriert als er.

Muler setzte ihn ins Bild.

»Ist daran möglicherweise etwas dran?«, fragte Tench.

»Keine Ahnung«, sagte Muler. »Ich kenne die Story auch nur vom Hörensagen.«

»Jedenfalls hat er zwei jüngere Schwestern. Eine lebt in Idaho. Die andere grast auf den sonnigeren Weiden an der Westküste«, fuhr Katten fort.

»Larou hat direkt nach dem College bei einer der örtlichen Banken angefangen. Zuerst als kleines Licht. Irgendwann war er dann Abteilungsleiter.«
Er sah zu Muler.
»Bevor du dich wieder verschluckst, sage ich es lieber gleich. Vor etwa acht, neun Jahren wurde er bei der Bank gefeuert, weil er seinen Schwanz nicht in der Hose behalten konnte.«
Tench hob die Augenbrauen.
»Er hat sich an Mitarbeiterinnen herangemacht?«
»Wohl eher an alles, was weiblich war und einen Puls hatte«, entgegnete Katten.
»Wurde wie gesagt an die Luft gesetzt. Und weil ihn niemand hier leiden konnte, hatte er wahnsinniges Glück, als er bei Marser im Schlachthaus untergekommen ist.«
»Wer ist die Frau, mit der er zusammen gelebt hat?«
»Cindy Waters. Waren offenbar seit ein paar Jahren ein Paar. Aber ihre Aussage war nutzlos. Hat nur zusammenhangloses Zeug geredet und ich habe sie vor lauter Schluchzen kaum verstanden.«
»Hatte er Kinder?«
»Zum Glück nicht. Wenn diese Alpha-Doppel-Helix nicht weiter gegeben wird, schadet das nichts.«
»Scheinst ja ein großer Fan von ihm zu sein«, stellte Tench fest.
»So wie so ziemlich jeder in der Stadt. Nach Feinden, die ein Motiv hätten, bräuchten wir also nicht lange zu suchen. Sprich irgendjemanden auf der Straße an und ich garantiere dir für einen Fünfer hätte ihn jeder selbst um die Ecke gebracht.«
Muler kicherte.
»Dann also weiter mit Marser«, sagte Tench.
»Ist so ziemlich der Gegenentwurf zu dem grobschlächtigen Larou und führt, wenn alle Informationen stimmen, ein wahres Bilderbuchleben. Und das von Anfang an.
Er ist der Sohn reicher Einwanderer. Ursprünglich aus Manchester in England. Seine Eltern waren zwar nicht selbst in der Tierschlachtung

tätig, aber das Unternehmertum liegt ihm wohl bereits in den Genen. Der Vater hatte einen großen Gartenbaubetrieb. Die Mutter war an einer Spedition beteiligt. So hatte unser Schlachthausboss eine behütete Jugend. Teure Privatschulen und Colleges und so weiter.

Nach dem Tod der Eltern trieb er sich einige Jahre lang auf dem gesamten Globus herum. Arbeitete bei verschiedenen Naturschutz- und humanitären Projekten mit.«

Er fuhr sich nachdenklich mit der Hand übers Kinn.

»Vielleicht kommt daher dieses gönnerhafte Gutmenschentum, das er an den Tag legt.«

Tench dachte an die Geschichte mit der Sekretärin.

»Das Schlachthaus hat er von einem Geschäftspartner der Eltern übernommen und, das muss ich zugeben, über die Jahre erfolgreich geführt. Ich kenne auch niemanden hier in der Stadt, der ein schlechtes Wort über unseren Philanthropen verliert. Bei Jung und Alt scheint er gleichermaßen beliebt und angesehen zu sein. Singt im Kirchenchor und ist in etlichen Vereinen aktiv. Und auch die Immobiliengeschäfte mit Stoler sind sauber.

Zumindest finde ich nichts, das auf das Gegenteil hindeutet. Und bis auf die Tatsache, dass er für ihn arbeitete, hatte er wohl auch mit Larou nicht viel zu tun. Würde ja auch nicht passen, wenn sich so ein Saubermann mit so einer zwielichtigen Type abgibt. Aber irgendetwas passt mir da trotzdem nicht. Ich weiß zwar nicht was, aber irgendetwas ist da zu glatt, zu perfekt.«

»Hatte Larou was mit Stoler zu schaffen?«, fragte Tench, um der Sache eine neue Richtung zu geben.

»Nach den Aussagen derer, mit denen ich gesprochen habe, nicht. Larou war eher der Einzelgängertyp. Der konnte nur was mit anderen Frauen anfangen.«

»Und früher als er noch bei der Bank war?«

»Auch nicht. Soweit ich das sehe, haben Stoler und Larou zwei völlig voneinander unabhängige und unterschiedliche Leben geführt.«

»Also keine auffallende Gemeinsamkeit.«

»Nein.«

»Dann haben die Täter sie wohl schlicht zufällig ausgewählt.«

»Möglicherweise.«

»Scheiße, so kommen wir nicht weiter.« Tench verzog den Mund. »Etwas Neues von den Faserspuren unter Larous Fingernägeln?«

Katten schüttelte den Kopf.

»Das Gleiche wie bei Stoler. Bis auf die Tatsache, dass wir es mit einem anderen Mörder wie beim ersten Mal zu tun haben, wissen wir nichts. In keiner Datenbank findet sich etwas. Auch der zweite Mörder war offenbar nie vorbestraft.«

»Das ist doch verrückt«, platzte es aus Muler heraus.

Tench dachte nun noch mehr zurück an »Der Geist und die Dunkelheit«. Das mordende Pärchen aus Löwenmännchen erinnerte ihn irgendwie an ihre Situation. Wieder kam ihm das wehende Steppengras ins Bewusstsein. Und die kalten Augen dahinter.

»Das heißt entweder, die zwei arbeiten zusammen oder einer ahmt den Mord des anderen nach«, fuhr Muler fort.

»Ich weiß nicht, was ich für unrealistischer halten soll.« Er schlug die Beine auf dem Tisch übereinander.

»Und warum nimmt man auf Sasketoon Bezug? Das kapiere ich noch weniger. Mal abgesehen von der Mordserie ist das nur ein unbedeutendes Kinderbuch.«

»Naja jedenfalls«, ergriff Katten wieder das Wort, »war Larou ziemlich kräftig. Laut Autopsie dienten die Messerstiche in den Rücken lediglich dazu, ihn bewegungsunfähig zu machen. Zusätzlich hat man ihm beide Achillessehnen durchtrennt. Wohl, um ihn am Weglaufen zu hindern. Dann wurde er durchs Bachbett zur Brücke geschleift. Der Tod trat erst durch Erhängen ein. Die Wunden an sich waren nicht tödlich. Offenbar hat er sich trotzdem gewehrt. Anders wären die Faserspuren nicht unter seine Fingernägel gekommen.«

Tench trommelte mit den Fingern auf dem Schreibtisch.

»Irgendetwas ist daran eigenartig.«

»Was du nicht sagst.«

»Nein, ich meine noch nicht einmal die Tathergänge selbst.«

»Ich schon. Wir haben im Bachlauf eine Stelle gefunden, wo der Killer offenbar eine ganze Zeit lang gestanden hat. Offenbar hat er den Anblick des im Todeskampf zappelnden Larou richtig ausgekostet. Vielleicht ist er auch eine ganze Weile nach der Tat noch dort herumgestanden.«

Tench ließ sich nicht beirren.

»Warum diese Tatabfolge? Warum jetzt? Weshalb? Was ist der Auslöser? Und noch viel wichtiger. Geht es noch weiter?«

»Mit Sicherheit«, sagte Katten fatalistisch. »Denk doch bloß mal an die Sasketoon-Morde. Wie viele waren das damals genau? Wenn wir Pech haben, dann stehen uns noch weitere Morde ins Haus. Kannst du dir vorstellen, was das mit Alpino Falls anstellen würde? Und keiner der Morde damals wurde je aufgeklärt. Wenn wir ganz viel Pech haben, dann sind diese Bastarde ähnlich gerissen wie Sasketoon.«

Es senkte sich Stille über den Raum. Die Klimaanlage surrte.

Es war eine gedrückte, trostlose Stimmung.

»Vielleicht«, sagte Muler irgendwann unendlich langsam, »hätte ich sogar eine Idee.«

Tench und Katten sahen ihn überrascht an.

Der Deputy tippte sich mit einem Bleistift gedankenverloren an den Kopf, dann nahm er ihn in den Mund und kaute darauf herum.

»Vielleicht«, wiederholte er, »ist es an der Zeit, dass wir einen etwas neuen Ermittlungsansatz ausprobieren.«

»Was meinst du?«, fragte Katten.

Muler überlegte noch einen Moment. Dann setzte er sich auf. Plötzlich war er ganz Energie und Tatendrang.

»Okay, also was haben wir bis jetzt? Wir haben zwei Morde ohne Zusammenhang. Ein Mord in den Maisfeldern in der Nähe der Hicksen-Farm an den Indianerfelsen. Der andere fast auf der anderen Seite der Stadt an einer der Brücken über den Alpino Creek.«

Er machte eine Pause.

»Und genau das ist vielleicht der Schlüssel.«

»Ich verstehe gar nichts«, gab Tench zu, nachdem er einen Augenblick darüber nachgedacht hatte.
»Ich auch nicht«, sagte Katten. »Sprich nicht in Rätseln.«
Muler grinste. Offenbar genoss er die Situation.
»Naja, überlegt doch mal. Was hat er Mörder nach dem Mord an Stoler getan? Was sagen uns die Spuren?«
»Er ist hinunter zum Bach.«
»Genau.« Muler nickte.
»Und was hat der zweite Mörder getan, nachdem er Larou aufgeknüpft hat?«
»Er ist durch den Bach entlang verschwunden.«
»Genau.« Wieder nickte Muler.
»Was willst du damit andeuten? Wir haben den Bach bereits abgesucht«, sagte Katten.
»Schon, aber zum falschen Zeitpunkt.« Muler zwinkerte geheimnisvoll.
»Was wir wissen ist, dass die Killer, wenn sie nicht die ganzen 50 Kilometer nach Galondale im Bach zurückgelegt haben, nach den Morden in Richtung Stadt gegangen sind und an irgendeiner günstigen Stelle den Bach wieder verlassen haben. Richtig?«
»Das ist nichts Neues.«
»Ohne Spuren zu hinterlassen.«
»Das ist auch nichts Neues.«
Muler holte noch einmal tief Luft. Dann ließ er seine Bombe platzen.
»Und warum machen wir uns dieses Wissen dann nicht zu Nutze?«
Wieder herrschte einen Moment lang Stille.
»Wie meinst du das?«, fragte Tench.
Muler legte die Hände aneinander, sodass sie wie ein Zelt aussahen.
»Wenn wir mal der Annahme folgen, dass der zweite Mord nicht das Ende der Fahnenstange war, wird es weitergehen. Die Morde passierten innerhalb weniger Tage. Immer zur selben Tageszeit. Nachts. Vermutlich eher später Abend.
Danach immer das gleiche Ritual. Meiner Schlussfolgerung nach sollten wir also Folgendes tun.

Uns nach Einbruch der Dunkelheit an verschiedenen Punkten am Bach auf die Lauer legen. Vielleicht am besten an den Brücken, so können wir den größten Teil des Stadtgebietes abdecken. Die Strecke, die sich der Alpino Creek an der Stadt entlang schlängelt, ist nicht all zu lang. Wenn ich recht habe, haben wir so eine gute Chance, dem Killer bei seiner nächsten Tat zu begegnen. Hoffentlich schlägt er nicht schon heute Nacht zu.«

Er warf erst einen Blick nach draußen. Dann sah er in die Runde.

Katten schob sich einen Kaugummi in den Mund und begann darauf herum zu kauen.

»Wenn uns sonst nichts einfällt«, sagte Muler mit eindringlicher Stimme, »ist das nämlich vermutlich die beste Chance, die wir haben.«

Tench knetete nachdenklich seine Finger.

»Könnte sogar funktionieren«, sagte Katten nach einiger Zeit.

Alpino Falls

Dent Hicksen erwachte, als Trudy im Hof anfing zu bellen. Es war ein heißeres, aggressives Bellen und Dent wusste sofort, dass irgendetwas nicht stimmte.

Er drehte sich nach rechts und sah auf den Wecker neben dem Bett. 02:27 Uhr.

Flora schlief friedlich neben ihm. Es war ein Phänomen. Eine Blaskapelle hätte neben ihrem Bett spielen können und seine Frau wäre nicht aufgewacht.

Fluchend zog er seine Hose an, die über dem Sessel vor dem Fenster hing und ging so leise er konnte in die Küche. Von dort aus spähte er durch das Fenster.

Nichts. Es war eine mondhelle Nacht. Sie tauchte den Hof in milchiges Licht.

Abgesehen von Trudy, die vor ihrer Hütte heftig an ihrer Kette zerrte, sah er keine Bewegungen. Der Hund bellte in Richtung Maisfeld. Was konnte das sein? Ein Tier? Wäre nicht das erste Mal.

Aber nach den Vorfällen der letzten Tage war es nicht der erste Gedanke, der ihn durchzuckte. War vielleicht jemand da draußen? Hatte es jemand auf sie abgesehen?

Grimmig musste er sich eingestehen, dass sich der Hof für einen feigen Mord perfekt eignete. Sie lagen weit ab von der Stadt. Weit genug, dass man dort nicht hörte, wenn hier etwas passierte.

Sogar Schüsse würden höchstwahrscheinlich weitestgehend ungehört verhallen. Zudem lagen sie hinter einem Hügel und waren so von Blicken aus der Stadt geschützt.

Er schürzte die Lippen. Ja, es war ein idealer Platz. Und der Killer kannte sich hier aus. Schon der erste Mord war in unmittelbarer Nähe geschehen. Die Indianerfelsen lagen nicht weit weg.

Er hatte sich die Stelle im Mais angesehen, wo man den Toten gefunden hatte.

Vorsichtig schlich er durch den Korridor und öffnete lautlos die Tür zum Zimmer von Horace. Sein Sohn war nicht da. Das Bett war leer. Die Decke zurückgeschlagen.

Er hatte gesagt, er würde sich mit Freunden treffen, wäre aber spätestens um Mitternacht zu Hause. Von wegen. Hicksen missbilligte diese Unzuverlässigkeit.

Vor allem, da morgen ein Haufen Arbeit zu erledigen war. Die Erntehelfer kamen erst in gut einer Woche. Volltrunken oder verkatert nützte ihm der Junge auf dem Traktor rein gar nichts. Er schnaubte verärgert.

Aber in diese Verärgerung mischte sich eindeutig Sorge. Ging es Horace gut? Wo war sein Sohn gerade?

Hicksen schloss die Tür zu dem Zimmer wieder. Das Schloss klickte leise.

Er machte sich Gedanken um Horace. Er verhielt sich eindeutig eigenartig seit diese Morde passiert waren. Ging ihm aus dem Weg, war kaum noch auf der Farm. Er aß wenig und verkroch sich, wenn er da war, so oft es ging in seinem Zimmer oder schlenderte alleine herum.

Hicksen hatte schon das eine oder andere Mal versucht, mit ihm zu reden, aber Horace blockte jeden Versuch ab.

Irgendetwas stimmte nicht.

Natürlich waren die Morde schrecklich. Aber Hicksen spürte, dass das nicht alles war.

»Zu Brad, ich gehe zu Brad«, hatte er gesagt, als er aufgebrochen war. Das war am frühen Abend gewesen.

Vielleicht sollte er hinfahren und nach dem Rechten sehen. Er ging wieder zurück in die Küche und starrte nach draußen.

Es kam ihm vor, als bellte Trudy jetzt noch aggressiver. Angestrengt spähte er in die Nacht. Der Hund sah jetzt direkt zum Haus hinüber. Fast glaubte Hicksen, sie starre ihn an. Dann sah er den Baum, der zwischen ihm und Trudys Hütte lag.

Er brauchte einen Moment, um es zu verstehen. Dann pochte sein Herz wild.

Die Schaukel bewegte sich. Sie hing von einem dicken Ast herunter und schaukelte hin und her. Wie als sitze jemand Unsichtbares darauf. Hicksen überlief ein Schauder. Er sah zur Baumkrone. Dann zu den Maisstängeln. Nein, es ging kein Wind.

Jemand hatte die Schaukel in Bewegung versetzt. Plötzlich war er hellwach. Er kniff die Augen zusammen. Ja, hellwach, aber nicht panisch. Panik nützte niemandem etwas.

Vielleicht war es am Ende doch nur irgendein dämliches Tier, das hier herum streunte.

Er ging ins Wohnzimmer, stellte sich auf die Couch und zog die Flinte von dem schweren Wandschrank herunter. Dann öffnete er eine Schublade im unteren Teil. Die Patronen fühlten sich schwer in seiner Hand an.

Er zog seine Jacke an und stopfte sich ein paar Hand voll davon in die Tasche.

Dann klappte er die Flinte auf und lud zwei Patronen in den Lauf. Zur Sicherheit steckte er noch sein Jagdmesser und eine kleine Taschenlampe ein.

»Jetzt wollen wir doch mal sehen«, knurrte er.

So bewaffnet, öffnete er die Haustür und trat auf den mondhellen Hof. Trudy bemerkte ihn und hielt kurz inne, dann kläffte sie mit unverminderter Heftigkeit weiter.

Er hielt sich nicht lange mit Nebensächlichkeiten auf. Nachdem er sicher war, dass rechts und links des Hauseingangs niemand auf ihn lauerte, ging er strammen Schrittes um den Baum herum.

Trudy kläffte weiter den Mais an.

Hicksen hob im Laufen das Gewehr und feuerte eine Ladung Schrot in die Krone des Baumes ab. Nur zur Sicherheit, falls irgendjemand versuchte, sich dort zu verstecken. Er musste keine Patronen sparen. Er hatte genug davon mitgenommen. Ob Flora von dem Krach wach wurde, war ihm egal. Vermutlich hörte sie noch nicht einmal das.

Er lief weiter um den Baum herum und feuerte auch die zweite Ladung auf ihn ab.

Dann kippte er den Verschlussmechanismus ab und lud das Gewehr im Laufen neu.

»Wer immer Sie auch sind«, rief er im Weitergehen in den Mais, den Trudy ankläffte, »falscher Ort, falscher Plan.«

Er feuerte beide Schrotladungen in den Mais hinein. Die Kugeln spratzten durch die Stängel und Blätter. Wieder lud er nach. Dann donnerten Schuss drei und vier in den Mais.

Hicksen lud erneut und lauschte.

Der beißende Geruch von Schießpulver lag in der Luft.

Aber er hörte nichts. Trudy war durch die Schüsse verstummt.

Hicksen wartete ein paar Minuten. Aber auch jetzt stellte sich kein Geräusch ein.

Ob es nun ein Tier war oder nicht. Jedenfalls war jetzt Ruhe. Und wenn er schon einmal dabei war, würde er für noch mehr Ruhe sorgen. Er ging zu seinem Pick-up hinüber, der in der Nähe des Baumes stand. Mit erhobener Waffe beleuchtete er mit der Taschenlampe Ladefläche und Rückbank. Niemand.

Dann schloss er den Wagen auf, startete und fuhr vom Hof in Richtung Straße.

Er würde Horace an den Haaren aus Brads Bude schleifen. Vermutlich saßen sie sowieso beide nur herum und rauchten Pot.

Er kam zur Straße. Dahinter erhob sich im Mais das Wäldchen mit den Indianerfelsen.

Er bog nach links ab und folgte der sich windenden Straße in Richtung Stadt.

Schließlich kam er zur Brücke. Dahinter konnte er bereits die Neonbeleuchtung von Clive Drechslers Tankstelle erkennen. Wie immer war sie 24 Stunden geöffnet. Er konnte eine gelangweilte Kassiererin hinter dem Tresen ausmachen.

Dann warf er einen Blick in den Rückspiegel, als er die Brücke überquerte. Er zuckte unvermittelt zusammen. Hinter ihm überquerte ein schwarzer Schatten in verblüffendem Tempo die Fahrbahn. Was war denn das? War das sein nächtlicher Besucher? Wenn ja, war es unglaublich, wie dieser Mistkerl die Entfernung zur Stadt so schnell hinter sich gebracht hatte.

Kurz entschlossen trat Hicksen auf die Bremse. Der Pick-up kam schlingernd zum Stehen. Er sprang mit erhobener Waffe aus dem Wagen. Aber die Straße hinter ihm war leer. Er schaltete die Taschenlampe ein und rannte zurück zur Brücke.

Er leuchtete die Maisreihen ab. Dann das Bachbett. In beide Richtungen. Da war nichts.

Er drehte sich um.

Mit laufendem Motor stand sein Pick-up mitten auf der Straße.

Was hatte er da gerade gesehen? Den Killer? Sollte er dem Sheriff Bescheid sagen? Langsam und vorsichtig ging er zurück zu seinem Wagen.

Er badete bereits in der Neonreklame der Tankstelle. Wieder hinter dem Steuer überlegte er noch einmal. Was hatte er da gerade gesehen? Er hatte kein gutes Gefühl.

Schließlich gab er wieder Gas. Okay, wo wohnte noch gleich der Schwachkopf Brad? Die ersten Häuser tauchten auf.

Alpino Falls

Es war die Stunde des Sonnenaufgangs als Grant erwachte. Er drehte sich noch einmal auf der braunen Ledercouch um. Dann schlug er die Decke zurück und trat auf die Terrasse hinaus.
Die Sonne kam langsam hinter dem Horizont hervor.
Rasch zog er sich an, machte sich in der Küche einen Kaffee und kehrte dann auf die Terrasse zurück. Er suchte sich einen Stuhl, legte die Beine auf einen anderen und genoss die kühle Morgenstimmung, bevor die Temperaturen wieder erbarmungslos klettern würden.
Es ging ein leichter Wind.
Die Sonne ergoss ihren goldenen Glanz über das Maismeer. Grant hing eine Zeit lang verschiedenen Gedanken nach. Dann holte er sich aus seinem Rucksack eine Tafel Schokolade und legte sie auf den Veranda-Tisch.
Er hatte immer schon gefunden, dass der Geschmack von Schokolade perfekt zu schwarzem Kaffee passte. Und im Verlauf der nächsten halben Stunde gönnte er sich zu der Tasse ein paar Bissen.
Dann machte er sich daran, über die Ereignisse in Alpino Falls nachzudenken.
Es war bizarr, was sich hier abspielte. Und auch wenn er Tante Cassandra nicht beunruhigen wollte, er glaubte nicht, dass es vorbei war. Und dass es offenbar gleich zwei Mörder zu geben schien, machte alles nur noch mysteriöser.
Er verbrachte eine weitere Viertelstunde mit Grübeleien, bis sich die Verandatür hinter ihm öffnete.
»Guten Morgen«, sagte Cassandra und trat im Bademantel zu ihm.

»Schon so früh auf?«
»Ich schlafe selten mehr als fünf oder sechs Stunden Cassandra.«
Sie lachte.
»Ich wünschte, Gunther hätte in dieser Beziehung ein bisschen mehr von dir. Unsere Schlafgewohnheiten könnten unterschiedlicher kaum sein.«
Sie setzte sich neben ihn.
»Wenn ich abends schon längst im Bett liege, läuft er erst so richtig zu Hochform auf. Um eines habe ich ihn aber schon immer beneidet. Ich glaube, er kann wirklich an fast jedem Ort dieser Welt schlafen.«
Grant lächelte.
»Hast du noch einmal mit dem Sheriff gesprochen?«, fragte seine Tante mit belegter Stimme.
»Nein.«
»Was denkst du mittlerweile über die Sache?«
»Hm«, Grant machte eine vage Handbewegung.
»Ich glaube, es ist noch zu früh, mit irgendwelchen Theorien um sich zu werfen.«
»Ach ja? Wieso?«
»Das ist der Fehler bei vielen Ermittlungen.« Grant runzelte die Stirn.
»Überhaupt generell bei vielen Gelegenheiten. Auch im Alltag. Vor allem in der zwischenmenschlichen Interaktion.«
Cassandra lehnte sich zurück und betrachtete den wogenden Mais. Nach einem Augenblick der Stille sagte sie schließlich:
»Das verstehe ich nicht.«
»Zum Beispiel beim menschlichen Verhalten. Wie oft ziehen wir vorschnell Rückschlüsse. Das ist dann als Wahrheit oder als Theorie in uns abgespeichert. Man passt dann Fakten und Ereignisse dieser Theorie an, verdreht sie, dreht sie sich zurecht, bis es passt, anstatt seine Theorie auf den Prüfstand zu stellen oder noch besser, seine Theorie anhand der Fakten zu entwickeln. So entstehen große Missverständnisse und Trugschlüsse.«
Cassandra hörte zu und strich sich währenddessen hin und wieder eine

imaginäre Falte auf ihrem Bademantel glatt. Als Grant nichts mehr sagte, antwortete sie:

»Hm, klingt auf irgendeine Weise einleuchtend.«

Grant nickte.

»Danke.«

»Ich weiß nicht, ob ich das nicht oft genauso mache. Aber es hört sich auf jeden Fall logisch an.« Sie überlegte, dann lachte sie.

»Vielleicht sollte ich Gunther in manchen Beziehungen noch eine Chance geben. Am Ende bin ich das Problem mit meinen festgefahrenen Meinungen.«

Grant grinste und zuckte nur die Achseln.

»Dazu kann ich nichts sagen. Mag sein oder nicht. Jedenfalls gehen auf diese Art auch manchen Ermittlungen in die falsche Richtung.«

Grant nahm einen weiteren Schluck Kaffee. Er war inzwischen nur noch lauwarm. Aber oft schmeckte er ihm dann um so besser.

»Apropos Ermittlungen«, brachte er die Sprache auf etwas anderes. »Hattest du Erfolg bei deiner Bekannten?«

Cassandra hob den Daumen der rechten Hand.

»Oh ja«, sagte sie in dem begeisterten Tonfall eines Kindes, das stolz mit einer guten Note aufwarten konnte.

»Wir haben uns fast eine halbe Stunde über Stoler unterhalten. Ich wusste gar nicht, dass der Kerl so wohlhabend war. Ich meine, er konnte es sich immerhin leisten, Nancy ein beachtliches Gehalt zu zahlen. Viel mehr, als man als Putzfrau hier in Alpino Falls im Allgemeinen verdienen kann. Und nach dem, was sie über die Jahre so an Telefonaten aufgeschnappt hat, hat der Kerl offenbar auch so einige Geschäfte nebenher abgewickelt, die nicht über die Bücher seiner Firma liefen.«

Grant lehnte sich vor.

»Ach ja?«

»Oh ja. Und es gibt noch mehr«, sagte Cassandra ermutigt.

»Ich nehme an, dich interessieren eher zwielichtige Geschäfte und Ereignisse?«

»Es kann alles wichtig sein«, antwortete Grant. »Am besten erzählst du mir alles von Anfang an.«

Sie stand auf und war nach ein paar Minuten mit einer dampfenden Tasse zurück.

»Okay. Aber nicht ohne meinen obligatorischen Frühstücks-Tee.« Sie prostete ihm zu.

»Naja also Nancy«, fuhr sie fort, als sie sich wieder zu ihm setzte.

»Wenn du alles wissen willst, soll ich dir dann auch erzählen, was sie mir während unseres Treffens alles über ihr bedauernswertes Liebesleben erzählt hat?« Sie zwinkerte ihm zu.

Grant zog den Kopf ein wenig zurück und schmunzelte.

»Netter Versuch Tante. Fürs Erste reichen mir die Informationen über Stoler.«

»Sollte nur ein Witz sein.«

»Da bin ich sicher.«

»Na schön«, seine Tante hob spielerisch die Schultern. »Wie du willst.

Stoler hat wie gesagt das eine oder andere Geschäft zusätzlich gemacht. An Gelegenheiten wird es ihm nicht gemangelt haben.

Mit den Immobilien hier in der Gegend konnte er schließlich nicht all zu große Sprünge machen.«

Grant kratzte sich am Kinn. Das war mehr oder weniger das, was auch Tench ihm erzählt hatte. Bis auf die zusätzlichen Geschäfte natürlich.

»Was die Polizei aber bestimmt nicht weiß, ist, dass es bei diesen Machenschaften auch einen Todesfall gegeben hat.«

»Einen Todesfall?«

Cassandra wiegte den Kopf hin und her und suchte nach den richtigen Worten.

»Naja nicht dass du jetzt gleich an Mord oder so etwas denkst. Nein. Einer seiner Kunden, dem er hier in der Stadt ein baufälliges Haus zu einem unverschämt hohen Preis verkauft hat, konnte die Kosten nicht mehr bezahlen und hat daraufhin das Gebäude angezündet.«

»Angezündet?«

»Ja, so viel ich weiß war das irgendwo am anderen Ende der Stadt.« Sie deutete unbestimmt in eine Richtung.
»Wollte wohl wenigstens noch die Versicherungssumme für das Haus kassieren. Nur dummerweise hat er es dann selbst nicht mehr aus dem Bauwerk geschafft und ist darin verbrannt. Frau und Kinder waren glücklicherweise nicht zu Hause. Unfall, Selbstmord, keine Ahnung, was das war. Vielleicht war er auch zu betrunken, um noch etwas mitzukriegen. Die andere Geschichte, die ich herausgefunden habe, ist weit interessanter.«
Sie zwinkerte ihm zu.
»Wenigstens diese zwei Leichen im Keller gibt es also. Ansonsten hat der Kerl, wie ich zugeben muss, aber eine bedauerlich langweilige weiße Weste. Nicht gerade der Modellverdächtige. Zumindest wenn man nach den Maßstäben im Fernsehen geht.«
Grant beobachtete den Horizont, wo die Sonne immer höher stieg. Schon jetzt bemerkte er die Kraft der Strahlen auf seinen Unterarmen. Ein weiterer Vormittag ohne irgendeine Wolke am Himmel stand Alpino Falls bevor.
»Was ist das für eine andere Sache?«, fragte er.
Cassandra räusperte sich und sah sich um, als könne sie hier auf der Terrasse tatsächlich jemand belauschen.
»Stoler hat, als er 48 wurde, also vor etwa zehn Jahren mit ein paar Freunden einen kräftigen Streifen abgebissen. Wenn du weißt, was ich meine.
Und in diesem Zustand hat er auf dem Nach-Hause-Weg ein junges Mädchen überfahren, das gerade ebenfalls auf dem Rückweg von einer Party war. Das war drüben in Galondale. Deswegen weiß das hier kaum jemand.«
Ein Windstoß fuhr in diesem Moment über die Veranda.
»Offenbar war dabei nicht nur Alkohol im Spiel. Nancy sagt, Stoler sei auch später noch verschiedenen Halluzinogenen gegenüber nicht abgeneigt gewesen. Keine Ahnung, welchen Cocktail er damals schon intus hatte. Jedenfalls ist das Mädchen noch am Unfallort gestorben. Es war

schrecklich. Das arme Ding war erst 17 oder 18 Jahre alt. Hatte das ganze Leben noch vor sich und wird dann von so einem zugedröhnten Idioten ins Jenseits befördert. Ich habe immer schon gesagt, dass uns dieses Teufelszeug noch mal alle ins Grab bringen wird.«

Grant musterte seine Tante aus den Augenwinkeln.

»Die Tote war die Nichte von Clive Drechsler. Ihm gehört die Tankstelle am Ende des Ortes am Bach. Er und Stoler sprechen seit dieser Geschichte kein Wort mehr miteinander. Drechsler hat ihm sogar nahegelegt, keinen Fuß mehr in die Tankstelle zu setzen. Ist interessant, wo er jetzt seinen Sprit herbekommt.«

Sie musste trotz der Tragik der Ereignisse lachen.

»Ist nämlich die einzige Tankstelle hier in Alpino Falls. Wird wohl jedes Mal den Weg nach Galondale auf sich nehmen müssen.«

Wieder ein belustigtes Glucksen.

Grant blickte stumm in die Maisfelder. Er musste mittlerweile die Augen gegen die Sonne zusammenkneifen.

»Darüber hinaus gib es aber leider nichts«, stellte Cassandra mit einem Achselzucken fest.

»Außer, dass er sich in letzter Zeit auffallend oft mit Marser und Hicksen getroffen hat. Keine Ahnung, was die drei ausgeheckt haben. Tut mir Leid, dass ich dir da nicht mehr weiterhelfen kann.«

»Du hast mir schon sehr geholfen Cassandra, wirklich.«

»Schön. Hoffentlich hat dieses hässliche Kapitel bald ein Ende.«

»Wir werden sehen«, antwortete Grant, als er ein Geräusch hinter sich hörte.

Gunther trat zu ihnen auf die Terrasse.

Cassandra schaute überrascht auf die Uhr.

»Du bist schon wach?«, fragte sie irritiert.

»Kann nicht schlafen«, gab er noch ein wenig lethargisch zur Antwort.

»Wollen wir frühstücken?«

Alle waren einverstanden.

Danach ließ sich Grant den Weg zu William Larous Haus beschreiben und legte die Strecke in den steigenden Temperaturen des Morgens zu Fuß zurück.

Als er bei dem Haus ankam, betrachtete er lange das Gebäude. Im Anschluss die Nachbarschaft. In den meisten Häusern ließ sich noch keine Aktivität feststellen.

Dann ging er die Straße hinauf.

Diesen Weg musste Larou in der Nacht seines Todes genommen haben. Grant spähte nach rechts und links. Überall Einfamilienhäuser. Manche heruntergekommen und verwahrlost. Andere penibel gepflegt und aufs Äußerste herausgeputzt. Ein Querschnitt, der irgendwie auch ein Potpourri der Psyche der Menschen erkennen ließ.

Aber etwas hatten alle Häuser gemeinsam. Hinter ihren Gärten erstreckte sich die schier endlose Weite des Maismeers.

Der Mörder hätte Larou ohne Probleme dort von den Maisfeldern aus beobachten können. Hatte er hier auf der Lauer gelegen und auf seine Chance gewartet? Er drehte sich um.

Oder hatte er schlicht gewusst, dass sein Opfer so gut wie jeden Abend diese Route nahm? Dann hätte er ihn über längere Zeit beobachten müssen.

Eines jedoch stand vermutlich fest. Und als die letzten Häuser hinter ihm zurück blieben, wusste er instinktiv, dass er damit recht hatte.

Auf die ein oder andere Weise musste der Mörder ein Ortsansässiger sein. Er kannte sich so gut in der Gegend aus, dass er offenbar auftauchen und verschwinden konnte, wie es ihm passte, ohne dass ihn jemand bemerkte. Niemand hatte ihn gesehen. Nicht bei dem ersten Mord, nicht bei dem zweiten.

Und das bei einer Bevölkerung, die zu einem Großteil aus neugierigen alten Menschen bestand, die ihre Umgebung genau im Auge behielten. Das wollte schon etwas heißen.

Der Mais zog links und rechts an ihm vorbei. Er bewegte sich langsam auf die Brücke zu.

Gedanklich sah er die Vogelscheuche im Wasser vor sich. Er konnte sich lebhaft vorstellen, was für ein makaberer Anblick das gewesen sein musste.

Die Brücke tauchte immer mehr aus dem Mais auf. Es war ein eigenartiger Ort. Durch das Verbrechen schien eine unterschwellige Spannung darauf zu lasten.

Wie ein kaum wahrnehmbares elektrisches Feld, das unheimlich pulsierte.

Und das sprach mehr als alles andere für seine Theorie. Die Sasketoon-Morde. Das war eine Geschichte von hier. Nur ein Ortsansässiger konnte darüber Bescheid wissen, was das für die Leute in Alpino Falls, ja im ganzen County bedeutete. Der Killer war jemand, der die Legende von Sasketoon und ihre Auswirkungen kannte.

Er kickte gedankenverloren einen Stein aus dem Weg.

Trotzdem war diese Erkenntnis wenig hilfreich. Er war sich sicher, dass es auch in der Stadt bereits die wildesten Verdächtigungen gab. Es war angsteinflößend. Der Killer war hier. Er lebte mitten unter ihnen. Wie lange schon, das vermochte niemand zu sagen.

Was die Situation nur noch bedrohlicher machte.

Er war jetzt fast bei der Brücke angelangt. Kurz hielt er an und warf einen Blick zurück auf die Stadt. Sie breitete sich in einer Senke vor ihm aus. Er sah das Bachbett, das sich daran entlang schlängelte. Ein Stück zumindest.

Im Geiste korrigierte er sich.

Er hatte die ganze Zeit von dem Mörder gesprochen. Oder vielmehr sein Geist hatte über den Killer nachgedacht.

Die Tatsache, dass es offenbar zwei Täter gab, war in jedem Fall besonders. Zumindest verlieh sie dem, worüber er nachdachte, eine ganz eigene Dimension.

Es war nicht ein einziger isolierter Mörder. Es waren zwei, die koordiniert agierten. Oder doch nicht? Waren die Morde eine synchronisierte Tat? Eine einzelne Serie? Oder ahmte ein Mörder den anderen nach? Möglicherweise sogar, um die eigene Tat zu verschleiern oder zu verbergen.

Es waren einfach zu viele Variablen. Das Entwirrspiel war fast aussichtslos und er hatte schlicht zu wenig Informationen. Und was war mit den Opfern?

Waren sie zufällig ausgewählt? Das Ergebnis einer puren Laune der

Killer? Waren sie nur zur falschen Zeit am falschen Ort gewesen? Oder steckte mehr dahinter?

Er war dazu geneigt, Letzteres zu glauben.

Hätte es nur einen einzigen Killer gegeben, der auf diese Weise rituell mordete, hätte er die zufällige Auswahl der Opfer für möglich gehalten.

Aber so sprach der Umstand eher dafür, dass es irgendeine Logik hinter der Sache geben musste.

Irgendeine obskure Sinnhaftigkeit.

Und mit diesen Gedanken war er auf der Brücke angekommen.

Das fröhliche Bachplätschern, das Wasser, das über die Steine hinweg sprudelte, die morgendlich frische Luft. Es war ein Sinnbild, das zu den grausamen Bluttaten nicht passte.

Im Geiste versuchte er sich vorzustellen, wie die geisterhafte Vogelscheuche im Bach gestanden hatte und auf ihn zu rannte.

Ja, was hatte das Ganze mit Sasketoon zu tun?

In der Nähe von Portland, zehn Tage vorher

Als er das Haus zum ersten Mal gesehen hatte, hatte es ein dumpfes Gefühl der Beklemmung in ihm ausgelöst.

Es war eine schlichte Hütte im Wald. Kaum mehr als ein Blockhaus mit einem schmalen Verschlag an der einen Seite. Und alles, ausnahmslos, war umgeben von Wald.

Nicht nur irgendein Wald. Sondern der dichteste Tannenwald, den Brian in seinem Leben je gesehen hatte.

Er lenkte seinen Mietwagen nun schon zum dritten oder vierten Mal in diese Einfahrt.

Zum einen war das gut. All das bot ausreichend Sichtschutz. Obwohl der eigentlich ohnehin nicht nötig war. Der nächste Nachbar, ein Mann namens Collin McQaid, lebte über zwei Kilometer weit weg. Und die Straße führte auch nicht direkt an seinem Haus vorbei. Es war, so kam es ihm vor, hier wie eine autarke Insel.

Mitten innerhalb der Vereinigten Staaten. Und das allein war schon bizarr genug.

Noch bizarrer war die Inneneinrichtung der Hütte selbst. Da Pauls Onkel vor ungefähr 15 Jahren erblindet war, hatte sich seitdem nichts oder nur wenig an der Einrichtung geändert. Aber auch schon vorher war die alles andere als zeitgemäß gewesen.

Er hatte es kaum glauben können, als er das uralte Radio gesehen hatte, den antiquierten Ofen, bei dem er reflexartig sofort nach der Öffnung für das Feuerholz gesucht hatte. Die verstaubten Bilder an den Wänden.

Das einzige Zugeständnis an die moderne Welt bestand in dem fast neuwertigen Telefon im Arbeitszimmer, damit Pauls Onkel mit der Außenwelt Kontakt aufnehmen und seine Freunde anrufen konnte.

Da es aber auch von diesen offenbar nicht all zu viele gab, stand das Ding meist unbenutzt herum. Immerhin, es wirkte in der abgeschiedenen Insel wie ein entlegener Außenposten der Gegenwart.

Brian stellte den Wagen direkt vor der Garage ab.

Darin befand sich ein dunkelblauer Ford Ranger, der, wie alles an diesem Ort, schon etwas in die Jahre gekommen war. Und obwohl Pauls Onkel ihn wohl nie wieder fahren würde, stand er trotzdem noch hier. Eine Erinnerung an bessere Zeiten.

Paul hatte ihm erklärt, sein Onkel bringe es einfach nicht übers Herz den Wagen zu verkaufen. So viele Gefühle hingen daran. Und außerdem war er als Ersatzfahrzeug ganz praktisch, wenn einmal Gäste zu Besuch waren. Oder für Freunde, die für ihn größere Einkäufe erledigten.

Brian stieg aus.

Das meiste besorgte der alte Mann jedoch noch selbst. Dazu nahm er meist den Bus, der einen knappen Kilometer entfernt eine Haltestelle hatte. Brian konnte nicht anders. Er musste Pauls Onkel dafür Respekt zollen. Und nicht nur für seine Selbstständigkeit. Nein, auch für seine gute Laune.

Er hatte erwartet, einen verbitterten, alten Einsiedler vorzufinden. Aber das beschrieb so ziemlich alles, was auf Pauls Onkel nicht zutraf.

»Hallo, du musst Brian sein, ich bin Carter«, hatte er ihn gut gelaunt begrüßt und ihm danach erstaunlich kräftig die Hand geschüttelt.

»Habe gehört, du und deine Freunde wollt ein paar Tage hier verbringen und wandern. Das ist eine gute Idee. Um die stressige Großstadt und das vermutlich noch stressigere Studium für ein oder zwei Wochen zu vergessen, ist das hier ideal.«

Er hatte in einer ausholenden Bewegung umher gedeutet.

»Da haben Sie bestimmt recht.«

»Und ihr müsst euch auch keine Sorgen machen, dass euch der alte Carter auf die Nerven geht. Ihr habt euren eigenen Wohnbereich. Vielleicht essen wir mal zusammen, wenn ihr alle eingetroffen seid, damit ich eure

Stimmen kenne. Ansonsten werdet ihr mich kaum zu Gesicht bekommen. Ich arbeite ziemlich viel, wie ihr feststellen werdet.«

Brian hatte Paul dabei einen Blick zugeworfen.

Genau das war der Plan.

Und auch der blaue Ford Ranger in der Garage nahm dabei einen entscheidenden Platz ein.

Das mit dem separaten Wohnbereich hatte Paul ihm erklärt. Sein Onkel war Kolumnist für irgendeine Zeitung in Portland, daneben schrieb er an mehreren Ratgebern gleichzeitig und war eigentlich rund um die Uhr vor seinem Blindencomputer zu finden. Wenn er nicht aß oder auf die Toilette ging. Seine Nahrung beschränkte sich zum Großteil auf Fertiggerichte und Wein.

Und da er stolz auf seine Unabhängigkeit war, war er auch nie auf die Idee gekommen, jemanden einzustellen, der ihm bei irgendetwas helfen konnte.

Brian ging zur Vordertür.

Zweifellos hätte er es gekonnt.

Laut Paul war sein Onkel immens reich. Hatte über die Jahre mit Spekulationen und der ein oder anderen Erbschaft einen Haufen Geld gebunkert, von dem er jedoch so gut wie nichts ausgab. Das meiste angelegt in irgendwelchen Aktien und Fonds, über die er allerdings nicht sprach.

All das, seine autarke Lebensweise, sein Job, wenige Freunde und Familienmitglieder führten dazu, dass nur alle paar Monate einmal jemand vorbeischaute. Und das Onkel Carter für ihren Plan einfach ideal machte.

Paul hatte von Brian den Auftrag erhalten, seinen Onkel diesbezüglich unauffällig auszufragen, um ein passendes Zeitfenster zu finden. Zu diesem Zweck war er vor einiger Zeit bereits schon einmal hierher geflogen. Ein Besuch beim alten Onkel Carter. Um zu schwatzen und Informationen zu beschaffen. Und diese Informationssuche hatte dazu geführt, dass sie jetzt hier waren. Es war der ideale Zeitpunkt. Der nächste geplante Besuch von Carter war ein Mann namens Walter »Wallie« Stannup. Ein alter Freund aus der Army, wie er inzwischen wusste. Mittlerweile im

Ruhestand, der seine ganze Zeit auf Reisen um die Welt, vornehmlich durch Zentral-Asien und Südamerika verbrachte.

»Wallie macht hier Station auf dem Weg nach Sao Paulo«, hatte Carter Paul erklärt. »Er besucht dort seinen Sohn aus erster Ehe.«

»Interessant«, hatte Paul geantwortet und sich den Zeitpunkt auf einem Notizblock notiert. Ein paar Tage später hatte er diese und alle anderen Erkenntnisse an Brian weitergegeben.

Die Story, die sie sich zurechtgelegt hatten, ging ungefähr so.

Paul sollte dem alten Kauz verkaufen, dass er und ein paar Freunde sich von dem Stress des Studiums eine Zeit lang in seiner Hütte erholen wollten.

Sie wollten in den Bergen wandern gehen, die Wälder erkunden und in den Seen schwimmen gehen. Kurz, sie wollten ein wenig in der Natur ausspannen.

Carter war begeistert von der Idee gewesen.

»Fantastisch.«

Nicht, dass er vorgehabt hätte viel Zeit mit ihnen zu verbringen. Das war essenziell und sollte von Paul gleich von Anfang an abgebügelt werden. Aber Carter hatte ohnehin nichts dergleichen im Sinn. Ganz im Gegenteil. Der Gedanke ein paar junge Leute in der Nähe zu haben, schien ihm einfach zu gefallen.

Aber er war so in seine Arbeit vertieft, dass er gar nicht auf den Gedanken kam, sie zu gemeinsamen Aktivitäten überreden zu wollen. Er wollte sie nur alle kennenlernen und dann konnte jeder, wie er sich ausdrückte, sein Ding durchziehen. Sie hatten einen separaten Teil des Bungalows für sich. Eine eigene Kochnische, Bad, Fernseher und Schlafmöglichkeiten.

Nachdem Paul ihnen die Örtlichkeiten geschildert hatte, hatten sie entschieden, dass zwei von ihnen auf der Klappcouch und zwei in dem Gästebett schlafen würden.

Das sollte ein paar Tage so gehen. Dann würde man sowieso ein anderes Arrangement treffen.

Joey und Alan würden in den nächsten 1-2 Tagen anreisen. Nun kannte

Carter schon einmal Brian. Morgen oder übermorgen konnte er sich die Stimmen von Joey und Alan einprägen. Dieses Kennenlernen war wichtig. Ein unverzichtbarer Bestandteil.

Das alles war wichtig. Entscheidend, damit alles nach Plan laufen konnte. Und Paul würde bei diesem Manöver den Hauptteil der Arbeit erledigen müssen.

Brian schloss die Vordertür auf und betrat den Bungalow. Er war mit dunklen Möbeln eingerichtet. Hinten aus ihrer Wohnung hörte er Pauls Stimme.

Hast du alles bekommen?

Brian atmete einmal tief durch.

Dann zog er die Tür hinter sich zu.

Alpino Falls

Tench befüllte den Streifenwagen mit Benzin und ging dann in den Tankstellen-Shop, um zu bezahlen. Zu seiner Überraschung stand der alte Drechsler heute Abend selbst hinter dem Tresen.
»Hallo Clive.«
»Guten Abend Sheriff.«
Der hoch gewachsene, hagere Drechsler sah selbst beinahe wie eine abgemagerte Vogelscheuche aus. Tench musste schmunzeln, als er sich den Mann mit einem Kürbis auf dem Kopf vorstellte.
Fast so gruselig wie Sasketoon selbst.
Er bezahlte und setzte sich wieder zu Katten und Muler in den Streifenwagen.
»So, alles bereit?«, fragte er in die Runde. Dann warf er einen Blick nach draußen. Am Horizont südlich der Stadt ballten sich tatsächlich einmal Regenwolken. Er konnte nur hoffen, dass es sich nicht wieder nur um ein Hitzegewitter handelte, dessen Wetterleuchten sie nur von der Ferne sehen konnten. Der Boden und der Mais brauchten den Regen.
Er startete und fuhr los. Die Digitaluhr auf dem Armaturenbrett zeigte kurz nach 19 Uhr an.
Sie hatten entschieden, dass es drei strategisch beste Punkte gab, um den Bachlauf zu überwachen. Die ganze Länge konnten sie unmöglich im Auge behalten.
Deswegen mussten es die vielversprechendsten Stellen sein. Orte, an denen man den Bach ohne Spuren betreten und verlassen konnte.
Entweder Schotter oder Asphalt, der fast bis zum Wasser reichte. Dafür

eigneten sich in erster Linie die Brücken. Aber es gab auch noch ein gutes Dutzend weitere Stellen.

Der Parkplatz hinter dem Eisenwarenladen zum Beispiel, oder die alte Stichstraße in der Nähe der ehemaligen Sportstätte.

Alles gute Plätze und vor allem menschenleer. Nur von den Häusern direkt an der Straße konnte man gesehen werden, aber auch nur als Schemen, wenn man das Dunkel der Nacht nutzte. Und das hatte ihr Killer getan. Jedes Mal.

Sie hatten schließlich entschieden, dass Muler sich bei den ehemaligen Sportanlagen auf die Lauer legen sollte. Katten an der mittleren der drei Brücken und Tench würde sich in der Nähe des Supermarkts direkt im Mais einen Beobachtungsposten suchen.

Von dort aus konnten sie insgesamt die längste Bachfläche im Auge behalten. Das Wasser floss an allen drei Stellen auf einer längeren Strecke ziemlich gerade, bevor es wieder mäanderte.

Tench schätzte ihre Chancen ein.

Vermutlich hatten sie auf diese Weise gerade einmal eine 50:50 Chance den Mörder zu sehen, falls er sich heute Nacht blicken ließ.

Er hatte versucht zusätzliche Männer aus Galondale für die Aktion zu bekommen, war aber abgewiesen worden.

Missbilligend schürzte er die Lippen.

Dennoch war Mulers Idee die Beste, die sie hatten. Sie versprach zumindest eine gewisse statistische Wahrscheinlichkeit. Auf jeden Fall mussten sie es versuchen.

Tench trat aufs Gaspedal. Aus den Augenwinkeln registrierte er, dass seine beiden Deputys zum wiederholten Mal an diesem Abend ihre Waffen überprüften.

Es war eine neue Dimension der Polizeiarbeit, der sie sich hier stellen mussten. Normalerweise war ihr Posten in einer Stadt wie Alpino Falls alles andere als aufregend.

Alltäglicher Kleinkram, Ladendiebstähle, Verkehrsübertretungen. Vielleicht mal eine geklaute Handtasche oder Vandalismus. Aber das hier, damit hatte niemand von ihnen gerechnet.

Nicht einmal er selbst.

»Also dann, fangen wir diesen Schweinehund«, sagte Katten als Tench ihn zwei Straßen von der Brücke entfernt absetzte.

Es sollte locker und optimistisch klingen, aber Tench hörte die Anspannung in Kattens Stimme deutlich heraus.

Zurecht.

Da draußen liefen zwei Typen herum, die Bewohner seiner Gemeinde abschlachteten. Irgendwo dort, in der Stadt, im Mais hielten sie sich verborgen. Wieder schossen ihm die beiden mordenden Löwen durch den Kopf.

»Melde dich, sobald du Posten bezogen hast.«

»Geht klar.«

So unauffällig er konnte, trottete Katten davon.

Genau in dem Moment als ein Blitz über den abendlichen Horizont zuckte.

Gefolgt von einem dunklen Grollen, das kaum hörbar war.

Tench trat wieder aufs Gaspedal.

In der Nähe von Portland, neun Tage vorher

Das Abendessen gestaltete sich in lockerer Atmosphäre. Alan und Joey waren im Laufe des Nachmittags am Flughafen angekommen und Brian hatte mit Paul beide am Terminal abgeholt.

Nun saßen sie, zusammen mit Carter, um den großen Esstisch und lauschten den Geschichten des alten Mannes, die, Brian musste es zugeben, wirklich kurzweilig und unterhaltsam waren.

Er hatte eine langweilige Anekdote nach der anderen erwartet. Aber er musste feststellen, dass Onkel Carters Leben ziemlich aufregend verlaufen war.

Weit aufregender als sein eigenes. Zumindest bis zu diesem Zeitpunkt. Und der alte Knabe konnte gut erzählen.

Vermutlich musste er das als Kolumnist auch. Aber auch seine sonore Stimme trug einiges dazu bei.

So hatten sie begeistert bei Alkohol und Essen den Heldengeschichten des blinden Mannes gelauscht. Von früher Jugend, über die Zeit in der Armee, Auslandsaufenthalte, Frauen und Jobs.

Das Ganze zog sich in die Länge und Carter konnte bald jeden Einzelnen von ihnen genau an der Stimme erkennen.

Brian dachte an die Tonbänder, die sie aufgenommen hatten. Den Rekorder und die Lautsprecher in ihrem Zimmer. Er hoffte, dass es ausreichen würde.

Aber als er im Laufe des Vormittags mehrfach bemerkt hatte, dass er genau hören konnte, wenn Carter zur Toilette ging oder sich am Telefon unterhielt, hatte sich seine Sorge gelegt.

Das Haus war hellhörig. Und die Lautsprecher stark genug. Alles kam darauf an, dass Paul es nicht versaute. Aber er hatte ihm genaue Instruktionen gegeben.

Morgen würde er sich den Pick-up des Alten ausleihen. Er hatte beim Essen darauf geachtet, wiederholt zu erwähnen, dass sie den Wagen für ein paar Fahrten in die Berge benutzen wollten.

Wenn er morgen zurück kam, würde er den Pick-up nicht wieder in die Garage fahren, sondern ihn an der Straße stehen lassen. So bekam der Alte nicht mit, wann das Fahrzeug in Gebrauch war und wann nicht.

Alpino Falls

Der Boden war ungemütlich.
Und der Himmel über ihm dunkel. Der Mond schien zwar. Aber immer mehr Wolken verdüsterten die Nacht.
Und immer mehr Blitze zuckten über den Horizont.
Das Donnergrollen kam näher. Ein kühler Hauch lag in der Nachtluft.
Es kam tatsächlich der Regen.
Tench konnte die Ironie kaum fassen. Ausgerechnet jetzt. Ausgerechnet in dieser Nacht, in der er hier im Mais herum lag. Ungeschützt den Kapriolen des Wetters ausgeliefert.
Er dachte an Katten und er dachte an Muler. Katten konnte sich immerhin als Schutz unter die Fahrbahn der Brücke zurückziehen, Muler unter irgendein Vordach vor einer der Sporthallen schlüpfen oder unter der alten Tribüne Schutz suchen.
Aber er, er lag hier ausgeliefert in der Ödnis.
Die Stängel über ihm bogen sich im auffrischenden Wind. Ein einziges Rascheln herrschte um ihn herum. Völlig unmöglich, irgendwelche verdächtigen Geräusche zu hören, die vielleicht die Anwesenheit des Mörders angezeigt hätte. Er würde sich zum Großteil auf seine Augen verlassen müssen.
Dennoch war er mit der Stelle zufrieden, die er sich ausgesucht hatte. Er lag auf der stadtabgewandten Seite des Baches auf einer erhöhten Böschung. Hinter ihm der Mais.
Und vor ihm glitzerten die Lichter der Stadt.
Auch einige Straßenlaternen schwankten leicht im Wind. Die Gebäude

warfen Schatten auf den Bachlauf. Aber er konnte ihn auf einer Länge von ungefähr 100 Metern in beide Richtungen überblicken.

Das war gut, nicht optimal. Aber unter den Umständen das Beste, was zu machen war.

Die Stadt gebärdete sich wie eine Oase aus Lichtern in dem unendlichen Dunkel der Maisfelder und Straßen durchzogen wie Adern das helle Geflecht. Nur noch vereinzelt waren überhaupt Menschen zu sehen. Und wenn, dann duckten sie sich bereits instinktiv unter dem Regen, der jede Sekunde einsetzen konnte.

Er atmete tief durch.

Kaum zu glauben, was sie hier taten. Das hier war seine Stadt. Er hätte nie für möglich gehalten, dass er einmal hier im sprichwörtlichen Unterholz herumliegen würde. Wie eine Schlange, die darauf lauerte, dass Beute vorbeikam. Nur dass er hier auf ein Monster wartete.

Instinktiv tastete er nach seinem Revolver. Die kühle Schwere der Waffe beruhigte ihn.

Dann fingerte er vorsichtig das Funkgerät hervor.

Sie hatten vereinbart den Kontakt nur auf das Nötigste zu beschränken.

Tench überprüfte die Zeit.

Es war mittlerweile 22:37 Uhr. Die Sonne lange untergegangen. Seit über drei Stunden lagen sie nun bereits auf der Lauer.

Ein neuerlicher Windstoß strich durch den Mais. In das Rascheln hinein drückte Tench auf die Sprechtaste des Funkgeräts. Das Mikrofon knackte.

»Hey Leute, alles okay bei euch?«, flüsterte er.

Dann ließ er den Knopf wieder los. Wieder ein Knacken. Dann ein kaum hörbares Rauschen.

»Bei mir ist alles ruhig«, kam die Stimme von Katten.

»Ein paar Teenager rauchen einen Joint auf der Brücke, wenn mich der Geruch nicht trügt. Aber die haben Glück, dass wir wegen etwas anderem hier sind. Ich habe einen Platz zwischen einem Lagerschuppen und der Rückseite von Dr. Korrens Praxis gefunden.«

»Du versteckst dich beim Zahnarzt?«, kam die Stimme von Muler dazwischen.

»Pssst«, zischte Tench.

»Wie sieht es bei dir aus?«

»Hier ist auch alles ruhig. Die alte Sportanlage ist ziemlich unheimlich so nachts ganz allein und verlassen. Ich habe noch keine Menschenseele gesehen.«

Gut so, dachte Tench.

Je weniger Leute sie sahen, desto eher würde sich vermutlich der Killer an einem der Plätze zeigen. Wenn er denn überhaupt unterwegs war.

»Bloß irgendein Hund schleicht die ganze Zeit hier herum. Das kann ...«

»Das reicht. Falls nichts passiert, melde ich mich in einer Stunde wieder«, beendete Tench den Informationsaustausch.

Er steckte das Funkgerät weg.

Ächzend verlagerte er seine Position.

Eine Sekunde später fuhr wieder ein kräftiger Schwall Wind durch die Stängel.

Und mit diesem Wind kam der erste Regen. Erst spürte er nur einen einzelnen Tropfen. Dann ein paar mehr. Schließlich verwandelten sich die Tropfen in einen sanften Schleier, ehe der Regen mit monumentaler Stärke losbrach.

Blitze zuckten direkt über ihm. Er konnte die Stadt in dem zuckenden hellen Licht für einige Sekundenbruchteile wie bei Tageshelle sehen. Dann rollte der Donner über ihn hinweg.

Na fantastisch.

Aber er würde trotzdem hier bleiben. Die Nacht war warm und eigentlich war der Schauer sogar eine willkommene Abkühlung. Es fühlte sich beinahe behaglich an, wie die Tropfen so auf seinen Rücken trommelten. Fast ein bisschen wie eine sanfte Massage. Und wahrscheinlich würde der Spuk sowieso ziemlich schnell wieder vorbei sein.

Zum wiederholten Mal suchte er den gesamten Bachlauf mit den Augen ab.

Das Wasser wurde jetzt von Millionen von Regentropfen aufgewühlt.

Alpino Falls

Die Blitze zuckten wild durcheinander. James Marser drehte sich langsam zu dem Spektakel um und beobachtete beeindruckt das Hitzegewitter vor seinem Bürofenster.
Dann stand er auf und trat an die Panorama-Scheibe.
Durch den Regen konnte er tief unter sich den beleuchteten Verladeplatz für die LKWs sehen. Selbst um diese Tageszeit lief der Betrieb noch auf vollen Touren. Er sah auf die Uhr. Kurz vor 23 Uhr.
Mit dem Schichtsystem arbeitete seine Firma quasi rund um die Uhr. Und es gab auch keinen Grund, irgendetwas daran zu ändern. Die Geschäfte liefen prächtig. Nur eine Sache gefiel ihm ganz und gar nicht, und um die musste er sich nun selbst kümmern.
Er ging zurück zum Schreibtisch. Ordnete ein paar Blätter zusammen, ging dann zum Wandsafe und schloss sie darin ein. Anschließend löschte er alle Lichter und fuhr mit dem Fahrstuhl nach unten. Sein Wagen stand auf einem separaten Parkplatz in der Tiefgarage.
Er betrat die große Halle, deren Beleuchtung an einen Bewegungsmelder angeschlossen war.
Fast augenblicklich flammten etliche Lichter an den Seiten des unterirdischen Raumes auf. Es war wie das Innere eines Flugzeughangars.
Selbst hier unten hörte er über sich noch den Donner grollen. Der von allen lange erwartete Regen kam. Endlich. Er erkannte die Silhouette seines alten Honda und hielt darauf zu.
Wenig später schoss der Wagen aus dem Tor heraus und die Zufahrtstraße hinunter. Wieder warf Marser einen Blick auf die Uhr.

Alpino Falls

Eine halbe Stunde später starrte Clive Drechsler mit zusammengekniffenen Augen auf den Bildschirm seines Laptops. Er hatte das Ding mit hinter den Tresen der Tankstelle genommen. Um diese Uhrzeit war ohnehin nicht mehr viel los und so konnte er die Zeit auch genau so gut dafür nutzen, um die Bilanzen der letzten Tage zu studieren.
Das tat er immer so.
Und zumeist fand er dabei auch irgendeinen Fehler in den Tagesabrechnungen und konnte sich dann herrlich die komplette restliche Nacht über die paar Dollar aufregen, die ihm diesmal durch die Lappen gegangen waren. Es störte ihn nicht. Und um die lange Zeit der Nachtschichten tot zu schlagen, war das schließlich ideal.
Seine Angestellten bezeichneten ihn zwar schon immer als nörglerisch und geizig, aber das war ihm egal.
Erfolg kam schließlich nicht von allein.
Und wie aufs Stichwort sprang ihm bereits der erste Fehler ins Auge.
Juan, der Vollidiot schon wieder. Es war meistens Juan. Er sollte den Typen endlich feuern.
Er kratzte sich am Kinn. Das Problem war nur, dass er wahrscheinlich so schnell niemand Neues finden würde. Überdies übernahm der Kerl freiwillig die meisten Nachtschichten. Was ihn für Clive und die anderen Mitarbeiter zu einem sehr wertvollen Kollegen machte.
Juan schien es nicht zu stören, sich Nacht um Nacht um die Ohren zu hauen. Und das für ein Gehalt, das mehr als dürftig war.
Dennoch entwickelte sich der Junge langsam zum Umsatzkiller.

Schnaubend holte Drechsler sich ein Bier aus einem Kühlschrank im Hinterzimmer. Er öffnete es, trank ein paar kühlende Schlucke.

Und nachdem er die Hälfte der Flasche gelehrt hatte, hatte sich auch sein Zorn wieder etwas gelegt.

Nein, er würde den Jungen nicht feuern. Dafür war er zu nützlich.

Aber eine Strafpredigt würde es trotzdem hageln. Vielleich lernte er es ja irgendwann.

Mit dem Gefühl aufkeimender Gelassenheit kehrte Drechsler zum Tresen zurück. Und schließlich war ja auch nachts kaum etwas los. Wenn Juan manches verbockte, richtete es immerhin nicht so viel Schaden an wie in der Tagesschicht.

Als er wieder beim Tresen ankam und die Flasche neben den Papieren abstellte, bemerkte er aus den Augenwinkeln eine Bewegung auf einem der Überwachungsbildschirme.

Es war das Werbeschild, das im starken Wind hin und her schwang. Das Gewitter hatte eine halbe Stunde direkt über der Stadt getobt. Draußen peitschte der Regen über das Vordach der Tankstelle. Etliche Pfützen hatten sich schon auf dem Vorplatz und auf der Straße gebildet. Der Regen trommelte zwar noch immer auf den Teer. Wurde aber langsam schwächer.

Drechsler genoss den frischen Geruch. Er wehte durch die geöffnete Tür des Shops herein.

Und dann sah er wieder eine Bewegung auf dem Monitor.

Eine Gestalt hastete durch das Bild. Schnell. Es war gerade noch am Rand des Lichtkegels zu sehen.

Sie war kaum da, da war sie auch schon wieder im Dunkel verschwunden.

Clive kniff die Augen zusammen. Wer war denn zu dieser Stunde noch zu Fuß unterwegs? Vor allem bei diesem Wetter. Er hatte die Kamera so versteckt angebracht, dass sie von außen nicht zu sehen war. Er verließ den Tresen und ging zur offenen Tür hinüber.

Angestrengt spähte er in die Richtung, in die die Gestalt verschwunden sein musste. Nichts, es war nichts zu sehen.

Er zuckte mit den Achseln. War ja nicht sein Problem, wenn sich die Leute hier draußen den Tod holten.

Aber wenn er schon einmal hier war, dann konnte er auch gleich die Fahne, die als Kundenstopper aufgestellt war, in Sicherheit bringen. Das Ding schwang dermaßen erbärmlich im Wind hin und her, dass es aussah, als würde die nächste starke Böe ihr den Rest geben.

Das wäre ein unnötiger Verlust. Und den müsste er bezahlen.

Er trat unter das Vordach. Der Asphalt war hier noch vergleichsweise trocken.

Ein paar Rinnsale liefen darüber.

Er wollte die Fahne gerade zusammenraffen, als er aus dem Dunkel jenseits des Lichtkegels einen Ruf hörte.

»Hey!«

Er ließ die nasse, flatternde Fahne los.

Er sah nichts. Da war die verkümmerte Wiese. Dahinter der Bach und die Brücke darüber. Und dahinter die Maisfelder.

Alles wurde noch matt von der Tankstellenbeleuchtung angestrahlt.

Aber er konnte keinen Menschen entdecken.

»Hey, Hilfe!«, erklang ein weiterer Ruf aus dem Dunkel. Das kam vom Bachbett. Eindeutig. War jemand von der Brücke gestürzt? Vielleicht die Person, die er auf dem Kamerabildschirm gesehen hatte?

Vielleicht ein Betrunkener?

Unschlüssig sah Drechsler zwischen dem warmen Shop in seinem Rücken und dem nassen Dunkel hin und her.

»Hilfe«, kam eine halb erstickte Stimme noch einmal.

Na schön, dachte Drechsler. Er wollte schon einen Schritt in den Regen machen, als ihm die Ereignisse der letzten Tage durch den Kopf schossen. Aber leichtsinnig würde er nicht sein.

Er ging zurück in den Shop und zog den schweren Revolver und eine Taschenlampe unter dem Tresen hervor.

Dann machte er sich auf zum Bachbett.

Als er durch die nasse Wiese lief, hörte er die Stimme erneut.

»Hey, bitte, Hilfe.«

Drechsler kam an der Böschung an. Er leuchtete hinunter. Der Bach sprang hier über flache Kiesel. Plötzlich zuckte ein Blitz über den Himmel und tauchte alles in helles Licht. Für einen Sekundenbruchteil glaubte Drechsler eine dunkle Silhouette auf der anderen Bachseite im Mais wahrzunehmen, aber dann war es wieder finster.

Plötzlich wusste er, was er gesehen hatte. Es war einer der Lagerschuppen von Dent Hicksen. Davon befanden sich hier ein paar im Mais. Fürchterliche Bruchbuden aus Holz.

»Hallo?«, rief er und ließ den Strahl seiner Lampe umherwandern.

Dann erfasste der Lichtkegel mit einem Mal einen Körper. Er lag auf dem Rücken im Bachbett.

Das Wasser sprudelte um ihn herum.

Was war denn das? Vielleicht wirklich ein Betrunkener, der von der Brücke oder der Böschung gefallen war. Die Gestalt hob lethargisch einen Arm.

»Hilfe«, ertönte eine kraftlose Stimme.

»Ich komme«, rief Drechsler und kletterte in den Bach hinunter.

Das Wasser war kalt. Viel kälter als er erwartet hatte. Der Regen ließ jetzt immer mehr nach.

Er patschte durch die Furt auf die Gestalt zu. Dann kniete er sich neben sie.

»Alles okay. Ich helfe Ihnen.«

Plötzlich öffnete die Gestalt mit einem Ruck die Augen. Drechsler zuckte zurück. Aber schon knallte etwas gegen seinen Kopf. Lichter explodierten vor seinen Augen. Dann spürte er die Kälte des Baches mit einem Mal überall.

Seitlich fiel er ins Wasser.

Alpino Falls

Frank Muler zog sich immer weiter unter das Vordach der Sporthalle zurück.
Der Regen war unerbittlich. Ließ aber langsam in seiner Stärke nach. Ihm konnte es nur recht sein. Es würde ihm die Beobachtung des Bachabschnittes um ein Vielfaches erleichtern.
Er dachte nur an den armen Tench, der da irgendwo tropfnass im Mais liegen musste und dem Wüten des Unwetters schutzlos ausgeliefert war.
Auch der Wind schien schwächer zu werden. Die losen Bleche und lockeren Sitzbänke der Tribünen gaben immer weniger knackende und knarzende Laute von sich.
Gut so.
Ansonsten hätte er die Überwachung auch gleich abbrechen können. Es wäre unmöglich, irgendwelche verdächtigen Geräusche aus dieser Kakophonie von baufälligen Ruinen heraus zu hören.
Vor gut 20 Minuten war er aufgeschreckt, weil sich eine Gestalt über das Gelände genähert hatte. Er war schon fast so weit gewesen das Funkgerät heraus zu ziehen und Tench und Katten zu informieren, da war die Gestalt in letzter Sekunde abgedreht und in einem der Wohnhäuser am Rande der Anlage verschwunden.
Ohnehin fragte er sich, ob sein Beobachtungsposten nicht vielleicht doch falsch gewählt war. Er konnte zwar einen Großteil des Bachlaufes sehen. Und auch die herunter gekommenen ehemaligen Sportanlagen hatte er gut im Blick. Aber andererseits war er auch selbst überaus leicht auszumachen.

Er kauerte sich zwar so versteckt wie möglich an die Tür der Eingangshalle. Aber für seinen Geschmack war selbst diese Lage noch viel zu exponiert.

Er blickte sich suchend um. Allerdings gab es auch nichts Besseres und Unauffälligeres.

Plötzlich hörte er ein Geräusch von der entfernten Seite der Anlage.

Er spähte zu der Stelle. Scheiße, da war wieder jemand.

Gerade noch sah er eine Gestalt, mehr einen Schatten, in einem der Gebäude verschwinden. Es musste die ehemalige Schwimmhalle sein, wenn er sich recht erinnerte.

Aufgeregt spannten sich die Muskeln in seinem Körper.

Alpino Falls

Clive Drechsler schlug die Augen auf. Um ihn herum war es dunkel. Und es roch eigenartig. Nach staubiger, abgestandener Luft. Nach Schmierfett und Holz.
Und sein Schädel dröhnte. Er wandte den Kopf. Er lag auf einer hölzernen Unterlage. Und rechts war sein Blickfeld unterbrochen von ebenfalls dicken Holzplanken. Er kniff die Augen zusammen. Zwischen den Brettern konnte er die leuchtende Reklame seiner eigenen Tankstelle sehen. Und sofort wusste er, wo er war.
Er war auf der anderen Bachseite.
In einem von Dent Hicksens Lagerschuppen. Deswegen war es auch so trocken.
Er spürte, dass seine Haare ölig von seinem eigenen Blut am Kopf klebten. Die Gestalt im Wasser musste mit einem Stein oder etwas Ähnlichem dagegen geschlagen haben. Verdammt. Er war zu unvorsichtig gewesen.
Über sich hörte er das Prasseln des Regens auf das Schuppen-Dach. Und plötzlich hörte er noch etwas anderes. Es war ein leises, bratzelndes Geräusch. Und es kam von irgendwo unter ihm. Fast im selben Moment sah er auch den rötlich-flackernden Schein und spürte einen Hauch Wärme an seinem Rücken.
Verflucht er ...
Er wollte sich aufrichten, aber es ging nicht. Starke Fesseln hielten ihn zurück. In einem Sekundenbruchteil wurde ihm die schreckliche Wahrheit bewusst. Hinter sich hörte er ein Geräusch. Es klang wie das Schnauben eines Pferdes.

Er drehte den Kopf nach hinten. Aus den Augenwinkeln sah er gerade noch, wie die Tür geöffnet wurde und eine Gestalt den Schuppen verließ.

»Hey«, wollte Drechsler schreien, aber im selben Moment lechzte eine Flamme des Feuers unter ihm derart hoch, dass es ihm den Rücken versengte.

Er stöhnte vor Schmerzen auf und kämpfte gepeinigt gegen die Fesseln an.

Auch an den Wänden des Schuppens sah er nun die Flammen emporschießen.

Alpino Falls

Tench sah die Flammen als erster. Zunächst hielt er das flackernde Licht noch für die Scheinwerfer irgendeines Autos. Aber dann wurde ihm schlagartig bewusst, was es war.
Er alarmierte sofort Katten und Muler.
»Ich sehe es jetzt auch«, sagte Katten als Antwort.
Muler gab keinen Ton von sich.
Tench versuchte es ein zweites Mal.
Wieder erfolglos.
»Der Idiot ist eingeschlafen, was wollen wir wetten?«, sagte Katten ins Funkgerät.
Tench wollte sich gerade aufrappeln, als er ein Platschen vom Bachlauf her hörte. Wie elektrisiert hielt er inne.
Der Regen hatte inzwischen aufgehört. Wolkenfetzen trieben wie klauenbewerte Finger an der Silhouette des Mondes vorbei. Und die Oberfläche des Baches schimmerte silbern.
Aber nirgendwo konnte er die Ursache für das Platschen sehen. Wenn es ein Tier gewesen war, dann musste es ein sehr großes sein. Aber an diese Möglichkeit glaubte er ohnehin nicht.
In äußerster Gespanntheit beobachtete er den Teil des Baches, den er einsehen konnte. Sein Blick zuckte von einer Seite zur anderen. Aber auch nach einer Minute des angestrengten Starrens sah er nichts.
Unterdessen züngelten die Flammen in der Ferne weiter.
Er konnte die gelb-rötliche Lichtinsel im Mais deutlich sehen.
Scheiße! Er fluchte.

Dann rappelte er sich auf und rannte geduckt in Richtung Bach. Er sprang durch eine seichte Stelle darüber, kletterte die Böschung auf der anderen Seite nach oben und hetzte weiter. Den Streifenwagen hatte er gut versteckt zwischen zwei Häusern in einer Seitenstraße abgestellt.

Er sprang auf den Fahrersitz, drückte das Gaspedal durch und der Wagen schoss geradezu auf die regennasse Fahrbahn.

Er hatte eine ziemlich genaue Vorstellung davon, wo die Feuerstelle war. Während er wild durch Seitenstraßen steuerte, setzte er einen Notruf bei der Feuerwehr ab.

Dann knackte das Funkgerät und Katten teilte ihm mit, dass er ebenfalls in wenigen Minuten vor Ort sei.

Wieder versuchte Tench erfolglos Muler zu erreichen. Er sah ein Straßenschild auftauchen, das zu dem ehemaligen Sportgelände wies, aber er beschleunigte und der Streifenwagen flog daran vorbei.

Wenig später hielt er mit quietschenden Reifen auf der Brücke vor Clive Drechsler Tankstelle. Wo war der alte Mistkerl? Hinter dem Tresen stand niemand.

Die Flammen waren auf der stadtabgewandten Bachseite. Tench pflügte durch das Meer aus Maisstängeln. Von links sah er eine weitere Gestalt auf den Bach zu laufen.

Es war Katten. Sie kamen ungefähr gleichzeitig bei dem brennenden Schuppen an. Das Holz knackte und knisterte. Sie verharrten einen Sekundenbruchteil davor.

Dann hörten sie aus dem Inneren des Brandes einen unmenschlichen Schrei.

Er war so schrill und voller Qualen, dass Tench völlig erstarrte.

»Verdammt, da drin ist jemand«, rief Katten und versuchte sich einen Weg durch die Flammen zu bahnen, aber es war aussichtslos.

»Wo bleibt die Feuerwehr?«

Plötzlich brach eine Wand des Schuppens unter dem Feuer zusammen und sie konnten ins Innere sehen.

Der Anblick, der sich ihnen bot, war unbeschreiblich.

Direkt vor ihnen auf einer langen Holzbank wand sich ein völlig in

Flammen gehüllter Körper. Er war angebunden und konnte den Flammen nicht entfliehen. Es war grausam, abscheulich.

Die Schreie gellten weiter durch die Nacht als die Gestalt ihnen kurz den Kopf zuwandte.

Unter dem verbrannten Haarschopf erkannte Tench das schmorende Gesicht von Clive Drechsler.

Der Anblick war so furchtbar, dass er sich abwenden musste. Die Hitzewand vor ihnen war atemberaubend heiß. Sie konnten nicht das Geringste tun. Es war schrecklich.

Endlich vernahm Tench das Heulen von Sirenen.

Aber es war schon längst zu spät. Ein paar Augenblicke später zuckte der Körper von Drechsler noch einmal im Todeskampf. Dann kehrte unheimliche Stille über der Szenerie ein. Das einzige Geräusch war das Knacken und Bratzeln des Feuers.

Katten und Tench gingen ein paar Meter weit in Richtung Brücke und weg von dem lodernden Brand. Das hier war ein Akt unvorstellbarer Grausamkeit.

Tench fragte sich, wer zu so etwas fähig war.

Schließlich drehten sie sich wieder zu den Flammen um.

Erst jetzt und aus diesem Winkel erblickte Tench das, wonach er unbewusst schon Ausschau gehalten hatte.

Eine riesige Vogelscheuche, die hinter dem Schuppen im Mais stand. Sie wurde von dem Flackern gespenstisch beleuchtet und schien mit ausgestreckten Klauen auf die Hütte zu zu rennen.

Der Wahnsinn war nach Alpino Falls gekommen.

In der Nähe von Portland, sieben Tage vorher

Die Abfahrt stand jetzt unmittelbar bevor. Brian hörte draußen vor dem Fenster der Hütte bereits die ersten Vögel zwitschern.
Er hatte alles mit Joey und Alan abgesprochen. Paul würde ohnehin hier bleiben, also konnten sie ihn auch noch ein wenig schlafen lassen. Er würde bleiben und ihre Charade aufrechterhalten. Er würde die Bänder mit ihren Stimmen abspielen. Die Aufnahmen, die sie gemeinschaftlich in dem separaten Arbeitsraum der Universitätsbibliothek inszeniert hatten.
Wie eine Theatertruppe, die ein Stück mit mehreren Akten einstudiert hatte. Das Stück, das ihren Aufenthalt an diesem Ort vorgaukeln sollte. Es war die perfekte Täuschung.
Er hatte die Akte geschrieben, die Stimmen füllten sie mit Leben. Und Paul hatte damit den Auftrag, ihren erfundenen Erholungsurlaub glaubhaft wahr werden zu lassen.
Zumindest für Onkel Carter.
Brian hatte ihm Verhaltensregeln eingeschärft, falls der alte Kauz wider Erwarten doch ein wenig zu neugierig werden sollte. Aber er rechnete eigentlich nicht damit, dass sie tatsächlich zur Durchführung kamen.
Die letzten Tage hatten sie gewissenhaft damit verbracht, ein recht beschäftigtes Leben und viele Ausflüge vorzutäuschen. Und der Alte hatte sich nicht mal eine einzige Sekunde lang blicken lassen.
Dennoch war es etwas anderes heute Morgen aufzustehen. Brian dachte angespannt an mehrere Dinge gleichzeitig und hatte kaum ein Ohr für den schönen Vogelgesang vor der Hütte.
Hatte er an alles gedacht? Hatten sie sich gut genug vorbereitet?

Und wenn nicht? Machte es wirklich einen Unterschied? Schließlich taten sie nichts Unmoralisches. Noch nicht.

Er wartete noch zehn Minuten. Dann entschied er sich dazu aufzustehen und Joey und Alan zu wecken. Natürlich wurde Paul dabei ebenfalls wach.

Was hatte er denn auch erwartet?

Schweigend frühstückten sie in der kleinen Küche bei geöffnetem Fenster. Wobei sich das Frühstück auf den Instant-Kaffee beschränkte, den Joey mitgebracht hatte. Niemand hatte sonderlich Appetit.

Von draußen strich die kühle Morgenluft durchs Zimmer.

Anschließend luden sie ihre Taschen auf die Ladefläche des Pick-up und klappten den Deckel der Ladeklappe wieder nach unten. Sie umarmten der Reihe nach noch einmal Paul und stiegen dann mit gemischten Gefühlen ein.

Brian als Letzter.

Zuvor ging er noch einmal um den Wagen herum und brachte vorne und hinten die beiden gefälschten Nummernschilder an, die er besorgt hatte. Es musste nur auf den ersten Blick echt aussehen. Niemand würde genauer hinsehen.

Zumindest hoffte er das.

Sie fuhren schließlich los und sahen Paul im Rückspiegel immer kleiner werden, bis er in dem dichten Tannenwald nur noch eine Erinnerung war.

Anschließend fuhren sie einige Minuten lang durch unwegiges Gestrüpp, bis sie zu einer etwas besser ausgebauten Straße mit weniger Schlaglöchern kamen.

Bald tauchten mehr und mehr Häuser auf und nachdem sie eine Stunde später die Stadt lange hinter sich gelassen hatten, machte sich doch bei ihnen allen der Hunger bemerkbar.

Sie hielten an einem Diner und waren keine halbe Stunde später schon wieder unterwegs.

Die folgenden Stunden Fahrt legten sie größtenteils schweigend zurück.

Es gab nichts zu besprechen.

Alle wussten, welches Risiko sie eingingen.

Alpino Falls

Am nächsten Morgen hatte beinahe die halbe Stadt schon die Neuigkeiten gehört. Und alles war in heller Aufregung. Nur Grant stand gegen 10 Uhr völlig ruhig auf der Brücke vor der Tankstelle und starrte zu dem Häufchen Asche hinüber, dass offenbar mal eine Art Lagerschuppen gewesen war.

Der Regen der vergangenen Nacht hatte deutliche Abkühlung gebracht. Und der Wind, der jetzt wehte, wirkte kühl, ja fast kalt. Es war eine eigenartige Atmosphäre.

Der Rauch, der noch von dem Aschehügel aufstieg, mischte sich mit dem Dampf des verdunstenden Wassers und auch der Himmel war noch mit Wolken bedeckt.

Nur mühsam kämpfte sich die Sonne langsam hindurch.

Die verkohlte Ruine war von Absperrband umgeben. Immer noch standen Streifenwagen im Mais und Beamte liefen geschäftig herum.

Grant entdeckte Tench zwischen ein paar anderen uniformierten Männern. Der Sheriff sah mehr als übernächtigt aus. Kein Wunder. Weiter hinten im Mais registrierte er die Vogelscheuche.

Er verzog den Mund.

Der Inhaber der örtlichen Tankstelle nun. Ein Immobilienmakler, ein Schlachthausmitarbeiter und nun ein Tankstellenbetreiber. Wenn die Morde einem bestimmten Muster folgten, Berufe waren es jedenfalls nicht. Schließlich wandte er sich ab.

Er ging langsam die Strecke zu Cassandras und Gunthers Haus zurück, wobei er fast die halbe Stadt durchqueren musste. Dann setzte er sich in seinen Wagen, fuhr aus Alpino Falls hinaus und in die Nähe der Indianerfelsen.

Es war ein etwas erhöhter Punkt, von dem er die gesamte Stadt überblicken konnte. Das Maismeer darum herum. Der wolkenverhangene Himmel darüber. Er brauchte Ruhe zum Nachdenken. Im Haus seiner Tante fand er die nicht. Und ein einsames Auto im einsamen Grün war ideal.

Er parkte und zog einen Pack Papiere vom Beifahrersitz. Es waren die ausgedruckten Artikel der Sasketoon-Morde.

Langsam ging er jeden noch einmal durch, was gut eine halbe Stunde in Anspruch nahm. Dann legte er die Papiere beiseite und starrte nach draußen. Dort lag die Stadt, isoliert wie eine Insel inmitten eines wogenden Ozeans aus Pflanzen.

Irgendetwas ging dort im Herzen dieser Kleinstadt vor. Und auch wenn er nicht genau wusste, was. Die Morde damals und die Morde heute. Das eine musste, in welcher Art auch immer, etwas mit dem anderen zu tun haben. Nur was?

Er sah nach rechts zu den Bäumen über den Indianerfelsen.

Um sich eine kurze Pause zu gönnen, stapfte Grant zurück zu dem ersten Tatort. Es war ihm, als wäre dieser Ort bereits wieder von den Leuten vergessen worden.

Aber nicht von ihm.

Was machte diesen Ort so besonders? Warum war die Gewalt gerade hierher gekommen? Und warum damals nach Cilmont? Vielleicht purer Zufall? Es gab die erstaunlichsten Zufälle.

Und es gab die erstaunlichsten Dinge.

Wieder zurück im Wagen begann er nun das Kinderbuch noch einmal durch zu blättern. Sasketoon. In der Tat eine makabere Figur. Seine Tante hatte nicht übertrieben.

Er sah Zeichnungen über die Verschleppung von Kindern in unterirdische Höhlen. Wie die Vogelscheuche ihnen die Bäuche aufschlitzte oder sie in Kochtöpfe warf. Wie sie Kinder in den Mais zerrte und umbrachte.

Grant blätterte zum Impressum. Wirklich ein verwirrter Geist, der das geschrieben hatte. Er sah den Namen des Verlages und des Autors. Robert

Muler. Ein Name, der ihm nichts sagte. Seine Tante hatte erzählt, es wäre jemand aus der Gegend gewesen, der dieses Buch veröffentlicht hatte. Vor ewigen Zeiten. Schon der Copyright-Stempel war deutlich verblasst.

Grant blätterte wieder bis ungefähr in die Mitte des Machwerks. Dann suchte er ein bisschen herum, bis er schließlich die Stelle fand, die ihn interessierte. Auch in diesem Buch gab es eine Geschichte, in der Sasketoon seine Opfer verbrannte. Die Zeichnungen dazu waren angsteinflößend. Kein Wunder, dass das gut dazu getaugt hatte, Kinder von den Maisfeldern und dunklen Straßen fern zu halten.

Die Kinderreime unter jeder Bildergeschichte wirkten dabei völlig deplatziert und wirr.

»Kinderreime«, flüsterte er vor sich hin. Irgendwie blieb er an diesem Wort hängen.

Auch einen Mord wie den ersten hatte er in dem Buch als Zeichnung gesehen. Das Werk gab einige der Sasketoon-Taten erstaunlich detailliert wieder. Andere wiederum waren frei hinzu erfunden worden. Die Morde wirkten beinahe ...

Plötzlich setzte er sich kerzengerade auf.

Alpino Falls

Tench setzte sich auf einen Stein an der Uferböschung. Er spürte, wie ein deutlicher Schmerz hinter seiner Stirnhöhle empor kroch.

Er fühlte sich wie erschlagen.

Keine einzige Minute hatte er in der letzten Nacht geschlafen. Und noch immer war seine Kleidung feucht von dem nächtlichen Gewitter. Da die Sonne nicht so recht durch die Wolken kam, trockneten Hose und Hemd nur im Schneckentempo.

Alles wurde nur immer schlimmer und grausamer. Die fürchterlichen Schreie von Clive Drechsler, die mehr ein schrilles Zischen und Kreischen gewesen waren, wie ein Dampfkessel, aus dem die Luft herausgelassen wurde, gellten ihm noch immer in den Ohren.

Er hatte noch niemals solche Laute gehört.

Zusammen mit dem Bild des in den Flammen zuckenden, sich windenden Körpers würden sie ihn für immer verfolgen. Das wusste er.

Er warf einen Blick nach links.

Katten und Muler standen bei ein paar Beamten der Spurensicherung herum und wirkten ähnlich ausgelaugt und traumatisiert wie er.

Vor allem Muler, der erst später zum Tatort dazugekommen war, waren die Strapazen deutlich anzusehen.

Er hatte, wie er ihnen erzählt hatte, in der letzten Nacht eine verdächtige Person in die alte Schwimmhalle verfolgt. Allerdings hatte es sich dabei nur um einen betrunkenen Jugendlichen gehandelt, der vor dem Wetter irgendwo Schutz suchen und seinen Rausch direkt neben dem leeren Schwimmbecken ausschlafen wollte.

Soweit so gut.

Nur weiter brachte sie das nicht einen Millimeter. Er hatte zwar in der vergangenen Nacht gehört, wie im Bach …

In diesem Moment vibrierte sein Handy.

Er nahm den Anruf entgegen.

»Ja, Tench.«

»Hallo Sheriff«, kam eine gutgelaunte Stimme aus dem Mikrofon. Was für ein Gegensatz zu den Ereignissen der letzten Nacht. Die Feuerwehr war schließlich angerückt und hatte die Hütte recht zügig gelöscht. Dennoch war der Brand weiter vor sich hin geschmort und am Morgen war von dem Holzbau nur noch ein klumpiger Aschehaufen übrig geblieben. Die verkohlte und durchnässte Leiche von Drechsler hatte Tench in einem knisternden Sack verschwinden sehen.

Der Kerl sah aus wie ein Kohlebrikett. Die Zähne standen obszön weiß aus dem schwarzen Fleisch der Mundhöhle hervor.

Ein weiterer Anblick, den er wahrscheinlich niemals würde verdrängen können.

»Wer ist da?«

»Phil Tanner.«

»Oh ja, entschuldigen Sie bitte Phil. Ich habe Ihre Stimme nicht gleich erkannt.« Tench fuhr sich mit der Hand über die Stirn.

Er war völlig fertig und musste sich ausruhen. Zumindest ein bis zwei Stunden Schlaf, damit er nicht vollkommen zusammenklappte.

»Ich will es kurz machen Sheriff. Nehme an, Sie haben im Moment genug zu tun.«

Tench seufzte resigniert.

»Das ist eine Untertreibung Phil.«

»Denke ich mir. Also hören Sie zu.«

Tench zog unbeholfen einen Notizblock aus seiner Hose. Auch der war noch ziemlich feucht.

»Schießen Sie los.«

»Sie haben uns ein paar Aufnahmen von Schuhabdrücken geschickt.«

Tench räusperte sich.

»Ähm, … ja.« Er hatte das schon fast wieder vergessen. Das Ergebnis seiner Bachexkursion mit Katten.

»Der zweite, warten Sie …«, ein Rascheln war zu hören. Offenbar blätterte Tanner in irgendwelchen Papieren.

»Ja, der zweite, ich schicke Ihnen gleich die Fundkoordinaten, den Sie uns durchgegeben haben.«

Tench schlief bei der monotonen Stimme des Mannes beinahe ein. Im nächsten Moment jedoch war er hellwach.

»Der zweite Abdruck ist identisch mit dem Abguss, den wir am ersten Tatort gemacht haben. Es war eine Spur, die zum Bach führte und …«

Tench fiel ihm aufgeregt ins Wort.

»Können Sie mir die Stelle bitte sofort schicken Phil?«

»Ja sicher, ich …«

»Besten Dank! Das sind fantastische Neuigkeiten.«

Tanner lachte leise ins Telefon. Offenbar amüsierte ihn Tenchs Aufgekratztheit. Dann schnaufte der alte Haudegen gutmütig.

»Wird prompt erledigt. Wünsche Ihnen noch viel Glück bei der Sache.«

»Danke.«

Tench legte auf. Dann starrte er ungläubig das Telefon an. Das war Hilfe aus einer unerwarteten Richtung. Vielleicht war ja doch noch nicht alles verloren.

Sofort checkte er den Speicher seines E-Mail-Postfaches. Noch immer stieg ihm der fahle Geruch nach Asche in die Nase.

Highway, sieben Tage vorher

Die Fahrt war lang und eintönig. Sie wechselten sich zwar so gut es ging ab, legten regelmäßig Pausen ein und fuhren die Nacht durch. Dennoch war es ermüdend.
Am frühen Vormittag kamen sie an.
Sie manövrierten ein wenig kreuz und quer in den Straßen herum, bis Joey schließlich rief:
»Das. Da vorne. Das ist das Haus.«
Brian, der gerade zufällig am Steuer saß, warf einen verstohlenen Blick auf das Gemäuer, ohne jedoch ihre Fahrt zu verlangsamen. Dann wendete er den Pick-up am Ende der Straße und sie fuhren noch einmal an dem Anwesen vorbei. Dabei nahm er die ganze Umgebung in sich auf.
Es war perfekt. Genauso, wie Joey es beschrieben hatte.
»Hast du den Schlüssel?«, fragte Alan.
Joey nickte.
»Hoffentlich den richtigen«, knurrte Brian, dem Joeys Schusseligkeit bestens bekannt war.
Joey machte ein beleidigtes Gesicht.
»Natürlich ist es der richtige. Sei froh, dass es mir eingefallen ist.«
»Schon gut.«
Sie fuhren noch eine Zeit lang herum. Besuchten Orte, die sie bereits von Satellitenaufnahmen aus dem Internet kannten und machten sich mit der Umgebung vertraut. Es war alles so, wie sie es erwartet hatten.
Dann kehrten sie auf die Hauptstraße zurück und verließen die Stadt in westlicher Richtung.

Im nächsten Ort schlugen sie, so gut es ging, ein paar Stunden lang die Zeit tot.

Joey und Alan gingen spazieren.

Brian streckte sich auf dem warmen Rasen eines Parks aus und hielt ein ausgedehntes Nickerchen. Er war in der Nacht die längste Strecke gefahren und hatte den meisten Schlaf nachzuholen.

Gegen 18 Uhr trafen sie sich wieder.

»Hunger?«, fragte Brian und sah die anderen beiden erwartungsvoll an. »Die nächsten paar Tage wird es nur Dosenfutter und Trockenfleisch geben, also sollten wir uns noch einmal die Bäuche vollschlagen.«

Joey und Alan nickten und so war die Sache abgemacht.

Sie gingen in ein Restaurant und aßen Shrimps, Tintenfisch und noch allerlei anderes Meeresgetier, dazu Knoblauchkartoffeln und ein paar Cocktails. Gegen 20 Uhr war das Mahl beendet.

Brian glaubte, dass sie sich diesen Ausflug ohne weiteres erlauben konnten. Es war noch nicht dunkel, deswegen machten sie einen weiteren Spaziergang, fanden ein Kino und sahen sich einen alten Schwarz-Weiß-Film an, der zufällig lief.

Ihre Aufmerksamkeit folgte kaum der Handlung. Alle drei waren mit den Gedanken woanders.

Als der Film schließlich zu Ende war und das Licht wieder anging, war draußen die Nacht lange angebrochen.

»Zehn Minuten nach elf«, stellte Alan fest, als sie mit ein paar anderen Gästen wieder auf den Bordstein hinaus gespült wurden.

»Zur Sicherheit sollten wir bis Mitternacht warten.«

Joey nickte.

Die Dunkelheit bot ihnen Schutz. Und je später es wurde, desto besser war es für sie.

Im dunstigen Licht der Straßenlaternen schlenderten sie durch die Stadt, bis es halb eins war und kehrten dann zum Pick-up zurück.

Brian setzte sich wieder hinter das Steuer.

Wie geplant lag die Strecke in gut einer Stunde hinter ihnen. Es waren kaum Autos unterwegs. Der Mond von Wolken verhangen.

Perfekt, dachte Brian. Idealer konnte es nicht sein.

Sie erreichten unbehelligt die Stadt und parkten den Pick-up direkt vor dem Haus. Brian blickte sich um. Es war niemand zu sehen. Und das einzige Haus, von dem man sie hätte erspähen können, war dunkel. Offenbar schliefen die Leute bereits.

Brian stieg rasch aus und lief zur Vordertür. Er registrierte die vernagelten Fenster. Die Tür öffnete er mit Joeys Schlüssel.

»Alles klar«, rief er anschließend den anderen zu, die bereits die Ladefläche des Pick-up entluden. Holzstangen, Rucksäcke und Lebensmittel. Alles wie in einem einstudierten Ballett. Mehrmals geübt auf Onkel Carters Grundstück.

Einen Sekundenbruchteil fragte sich Brian, was Paul wohl gerade machte. Dann kehrten seine Gedanken jedoch wieder in die Gegenwart zurück. Das Scheinwerferpaar eines Autos glitt in diesem Moment über die Kreuzung in 200 Meter Entfernung hinweg und verschwand wieder im Dunkel.

»Na los«, trieb er Joey und Alan zur Eile an. Sie brachten eilig alle Sachen ins Haus. Hinein, hinaus. Hinein, hinaus. Das Ganze dauerte keine zwei Minuten.

»Wunderbar. Schließt die Tür wieder und wartet mit dem Übrigen, bis ich zurück bin«, wies Brian sie an.

Dann stieg er wieder in den Pick-up und fuhr davon.

Was er suchte, war das alte Industrieviertel im Norden der Stadt. Längst hatte sich das wirtschaftliche Zentrum hier weiter nach Osten verlagert. Aber die alten Gebäude und ein paar Firmen gab es immer noch. Hier wurden LKWs be- und entladen. Hier trafen sich Arbeiter um Fahrgemeinschaften zu bilden. Bestimmt dachte sich also niemand etwas dabei, wenn ein Auto hier ein paar Tage lang einfach nur herrenlos herumstand. Schon gar nicht, wenn es einheimische Nummernschilder trug.

Brian war sehr stolz gewesen, als er diesen Einfall gehabt hatte. Er parkte den Wagen am Straßenrand hinter einem dunkelblauen Transporter, stieg aus und vergewisserte sich, dass er nicht beobachtet wurde.

Dann wechselte er die Straßenseite und machte sich im Dunkel der Gebäudeschatten wieder auf den Rückweg. Wann immer ein Auto vor oder hinter ihm auftauchte, verschwand er in einer Seitengasse oder hinter einem Gebüsch am Straßenrand. Es war wichtig, dass ihn jetzt niemand mehr sah.

Es war zwar unwahrscheinlich. Aber immerhin möglich, dass ihn doch jemand erkannte. Er hatte jetzt einen Dreitagebart und längeres Haar. Aber man wusste ja nie.

Unentdeckt brachte er die Strecke hinter sich. In dem kleinen Park im Stadtzentrum lief er beinahe ein paar Jugendlichen über den Weg. Aber weil sie betrunken herum grölten, hörte er sie rechtzeitig und konnte hinter einem weiteren Busch Deckung suchen.

Schließlich langte er wieder bei ihrem Unterschlupf an.

Alan öffnete ihm. Sie gingen in einen Raum in der Mitte des Hauses, offenbar war es ein altes Wohnzimmer und entzündeten in der Ecke eine Kerze.

Mehr Licht wollten sie sich nicht erlauben. Es war entscheidend, dass niemand ihre Anwesenheit an diesem Ort bemerkte. Das hier war nun ihre Operationsbasis, ihre Burg.

Schweigend saßen sie um den Lichtschein herum und vermieden es, sich anzusehen.

Alpino Falls

Es gab nur eine Person, die ihm nun weiterhelfen oder ihm Gewissheit verschaffen konnte. Grant setzte sich auf die alte Couch zu seiner Tante, die einfach nur teilnahmslos vor sich hin starrte.

Vor ihr auf dem niedrigen Tisch stand ein halbleeres Glas mit irgendeiner bräunlichen Flüssigkeit. Grant vermutete, dass es Brandy war. Den hatte sie zumindest früher immer gern getrunken.

Sie richtete schließlich ihren Blick auf ihn. Dann deutete sie auf das Glas.

»Ich brauchte etwas Stärkeres nach diesen erneuten Nachrichten. Wie furchtbar.«

Sie fuhr sich mit der Hand über den Mund.

»Wollen wir auf die Terrasse gehen?«

»Einverstanden.«

Gunther war offenbar nicht da. Jedenfalls hatte Grant den Wagen nicht in der Einfahrt stehen sehen.

Sie setzten sich. Immer noch war der Himmel bewölkt und der Wind trieb sein Spiel mit den hohen Maisstängeln.

»Wie furchtbar«, wiederholte Cassandra noch einmal, nachdem sie sich in dem Polster ihres Stuhls zurückgelehnt hatte.

»Ich muss ein paar Dinge von dir wissen«, sagte Grant und sie wandte ihm den Blick zu. Es war besser gleich mit der Sprache herauszurücken. Seine Tante wollte sich aufgrund der Ereignisse allem Anschein nach betrinken.

»Worüber?«, fragte sie bereits mit leicht alkoholisierter Zunge.

»Über das neue Opfer.«

»Ach«, seine Tante seufzte so herzzerreißend, dass er für einen Moment glaubte, sie würde in Tränen ausbrechen.

»Ach, Clive war so ein humorvoller Mensch. Etwas eigen zwar, aber er hatte immer einen lustigen Spruch auf den Lippen, wenn Gunther und ich ihn trafen oder er uns an der Tankstelle bediente. Es ist eine Schande, dass er tot ist.«

»Ja«, sagte Grant.

»Wir müssen diesbezüglich und auch darüber hinaus ein paar Dinge besprechen Cassandra.«

Sie schluchzte.

»Muss das wirklich jetzt sein? Ich würde es vorziehen, jetzt lieber nicht über dieses Thema zu reden.«

»Bitte«, sagte Grant. »Es ist unglaublich wichtig.«

Sie legte den Kopf in den Nacken und schloss die Augen. Die Marquise über ihnen ratterte im Wind.

Es war ein Geräusch, das Grant mittlerweile schon als charakteristisch für das Haus seiner Tante abgespeichert hatte. Auch wenn das Ding heute keine Sonne abhalten musste. Auch der obligatorische Wasserkrug stand nirgends herum. Wo Gunther sich wohl gerade herumtrieb?

»Also schön«, sagte Cassandra endlich.

»Was willst du wissen?«

»Wie war das damals genau bei Larou? Du hast von einem Selbstmord erzählt. Dass sich jemand von einem Scheunendach gestürzt hat.«

Cassandra nickte.

»Ja.«

»Weißt du noch irgendwelche Einzelheiten?«

»Nur das, was ich dir bereits erzählt habe. Der Mann ist von einem der Dachstuhlbalken gesprungen und auf seinem eigenen Pflug gelandet. Muss ein ziemlich scheußlicher Anblick gewesen sein, wie er sich da so aufgespießt hat.«

»Und was ist mit Drechsler?«

»Was soll mit ihm sein?«

»Das ist von entscheidender Bedeutung, Cassandra. Gab es jemanden in Drechslers Vergangenheit. Der sich das Leben genommen hat?«

Seine Tante sah verwirrt aus.

Grant wurde immer unruhiger.

»Seine erste Frau hat sich glaube ich erhängt, so viel ich weiß. Aber das ist Jahre her.«

»Wie lange?«

»Ich glaube etwa zehn.«

»Wann war der Selbstmord in der Scheune.«

»Das ist etwas länger her, aber ich glaube auch so ungefähr zehn bis fünfzehn Jahre. Genau weiß ich es nicht.«

»Und der Hausbrand von Stoler?«

»Hm, daran erinnere ich mich nun wirklich nicht mehr. Da müsste ich noch einmal Nancy Stoddard fragen. Wieso …?«

Grant nahm das Kinderbuch von Sasketoon hervor und blätterte darin. Dann ging er im Geiste die Morde in Cilmont noch einmal durch.

»Was tust du da?«, fragte Cassandra. Die Traurigkeit war ein wenig aus ihrer Stimme gewichen und hatte einem Hauch Neugier Platz gemacht.

»Es ist entscheidend, dass du genau nachdenkst«, sagte Grant und sah seine Tante eindringlich an. Sie nickte eifrig.

»Kannst du dich an einen Selbstmord oder mehrere erinnern. Vermutlich in einem Zeitfenster von vor fünf bis fünfzehn Jahren, bei dem sich das Opfer entweder erschossen oder sich auf den Bahngleisen vor einen Zug geworfen hat?«

Stille senkte sich über die Terrasse.

Cassandra schwieg lange.

Schließlich sagte sie mit traurigem Blick.

»Ja, das kann ich.«

Alpino Falls

Tench knallte die Tür des Streifenwagens zu. Auch Katten und Muler kletterten mühsam ins Freie.
Da sie alle übernächtigt waren, hatte Tench sich und seinen Deputys im Büro eine Ruhezeit von zwei Stunden verordnet. Wenigstens, um sich ein bisschen zu erholen.
Sie mussten sich alle mehr oder weniger dazu zwingen. Denn immerhin gab es nun eine Spur. Genauer gesagt einen Fußabdruck. Sie waren mehr als begierig, dem Hinweis nachzugehen. Aber Tench wusste aus jahrelanger Erfahrung, dass müde Ermittler Gefahr liefen, entscheidende Fehler zu machen.
Und das konnten sie sich nicht erlauben. Nicht bei einem derart perfiden Mörder oder Mördern, mit denen sie es zu tun hatten.
Muler hatte sich im Sheriffsbüro auf die Couch neben seinem Schreibtisch gelümmelt. Katten und Tench hatten sich gleich an Ort und Stelle auf dem Boden ausgestreckt.
Der Raum war warm und klimatisiert. Der Teppichboden weich, sodass sie alle nach ein paar Minuten tief und fest eingeschlafen waren.
Und nun waren sie wieder auf den Beinen.
Und hatten neue, noch erschreckendere Informationen.
Vor gut fünf Minuten hatte Tenchs Telefon geklingelt und Phil Tanner hatte ihm mitgeteilt, dass die Spuren, die man vor und in der verbrannten Hütte gefunden hatte, auf einen dritten Täter hindeuteten.
»Was?«, hatte Tench beinahe ins Telefon gebrüllt.
Die Information überstieg beinahe seine Fassungskraft.

Er hatte wie paralysiert aufgelegt. Wie ein Roboter.

Was sollte er jetzt mit dieser Information anfangen? Gab es am Ende gleich zwei Nachahmungstäter. Dagegen sprach allerdings, dass das verwendete Holz für die Vogelscheuche und andere Charakteristika bei allen drei Morden exakt gleich gewesen waren.

Viel eher schien es, dass die Mörder irgendwie untereinander kooperierten. Aber wie? Und wieso? Oder wollte man sie bewusst aufs Glatteis führen?

Wie er es auch drehte und wendete. Jedenfalls waren sie alle drei, er, Katten und Muler nur Figuren in einem obskuren Spiel.

Ein Spiel, das es unter allen Umständen zu verstehen galt. Sonst standen sie gleich auf verlorenem Posten. Es sei denn der Zufall kam ihnen zur Hilfe. Wie jetzt gerade.

Alle drei überprüften noch einmal ihre Waffen. Dann zog Tench eine Luftaufnahme des Stadtgebiets hervor und legte den Ausdruck auf die Motorhaube des Streifenwagens.

»Also«, sagte er und sah sich noch einmal prüfend um.

»Wir sind hier.«

Er deutete mit dem Finger auf einen Punkt auf der Karte in der Nähe des Bachlaufs.

»Den Fußabdruck haben wir dort gefunden.« Er fuhr ein Stück weiter.

»Das bedeutet, dass zumindest einer der Mörder nach der Tat an dieser Stelle das Bachbett wieder verlassen hat. Die Morde sind hier, hier und hier passiert.«

Er wies auf die drei verschiedenen Punkte.

»Alle entweder direkt im Bachlauf oder auf der Bachseite, die von der Stadt abgewandt ist. Der Fundort eignet sich zum Verlassen des Wasserlaufs perfekt. Asphalt und Kies direkt bis zum Wasser. Den Abdruck haben wir weiter oben in einem Loch in der Straße entdeckt. Ich nehme an, dass ihn der Mörder schlicht aus Unachtsamkeit hinterlassen hat.«

Er schnaubte.

»Unser Glück.«

Er blickte Katten und Muler an, die entschlossene Mienen zur Schau trugen.

»Jedenfalls ergibt sich daraus dieser Primär-Bereich, den wir absuchen müssen.«

Tench umriss grob ein Gebiet mit dem Finger.

»Ihr habt beide Aufnahmen des Schuhprofils. Natürlich können wir nicht in die Häuser und Abdrücke von sämtlichen Schuhen nehmen. Das wäre ein hoffnungsloses Unterfangen. Und Zeitverschwendung, weil wahrscheinlich die komplette Kleidung direkt nach der Tat vorsichtshalber verbrannt oder entsorgt worden ist. So würde ich es zumindest machen.

Aber vielleicht war der Killer so unaufmerksam, noch einmal einen Abdruck irgendwo zu hinterlassen. Ich weiß, die Chance ist nicht besonders groß. Ich gehe jedenfalls generell davon aus, dass er in einem der Häuser in diesem Stadtgebiet lebt.«

Er machte eine Pause und atmete tief durch.

»Natürlich kann ich mich auch irren und er war einfach übervorsichtig und ist ganz woanders zu Hause. Aber probieren müssen wir es.«

Er ließ seinen Blick über die unmittelbare Umgebung schweifen.

»Des Weiteren gibt es ein paar leerstehende Häuser in der Nähe des Baches und weiter stadteinwärts. Die müssen wir ebenfalls durchsuchen. Ich denke zwar nicht, dass er oder sie sich wirklich in einem davon versteckt halten. Das wäre in der Nachbarschaft mit Sicherheit aufgefallen. Aber wenn wir sie durchsuchen, machen wir das auf jeden Fall zu dritt. Jeder markiert sich die Punkte auf seinem Abschnitt und wir gehen die Häuser dann gemeinsam ab. Alles verstanden?«

Er musterte seine beiden Deputys.

Katten und Muler nickten.

»Dann los.«

Sie gingen gemeinsam zum Fundort des Fußabdruckes am Bach. Dann teilten sie sich auf und suchten jeweils einzeln unterschiedliche Straßenzüge ab. Überall achteten sie auf lose Erdstellen oder Matsch in den Ablaufrinnen der Straßen.

Tench hatte sich den Bereich am weitesten östlich ausgesucht.

Hier gab es reihenweise ältere Häuser, viel Grün und die meisten Bauten standen etwas von der Straße zurückversetzt und weit voneinander entfernt.

Ideal, wenn man keine Aufmerksamkeit erregen und unentdeckt bleiben wollte.

Der Blick auf die Straße wurde zudem in vielen Bereichen von großen Bäumen verdeckt, die in regelmäßigen Abständen auf dem Bordstein gepflanzt waren.

Ein weiterer Umstand, der das Gebiet geeignet für einen derartigen Zweck machte.

Hin und wieder bemerkte Tench, wie sich verstohlen Vorhänge hinter den Fenstern bewegten. Oder einen vorbei huschenden Schatten im Inneren eines Hauses.

Die Leute waren argwöhnisch. Vor allem angesichts der letzten Tage.

Er kam sich beobachtet vor.

Wie eine Eidechse im Terrarium.

Als sie das Gebiet zur Hälfte akribisch abgesucht hatten, war es bereits nach 14 Uhr und langsam aber sicher drang die Sonne durch die Wolken.

Aber im Laufe des Nachmittags zog sich der Himmel wieder zu und gegen 16 Uhr begann es schließlich leicht zu regnen.

Weitere eineinhalb Stunden später beendeten sie den ersten Teil der Suchaktion ergebnislos und gingen zu Teil 2 der Erkundung über.

»Wo ist das erste Haus?«, fragte Tench und sah Muler an.

»Lenders Drive 28«, antwortete Muler. Er kniff die Augen gegen den Nieselregen zusammen.

Als sie davor ankamen, überkam Tench bereits eine Ahnung davon, warum das Haus leer stand.

Es war ein Sanierungsfall sondersgleichen.

Türen und Fenster hingen ausgerissen und schief in ihren Angeln. Das Gebäude starrte sie wie aus toten Augenhöhlen an. Ein Teil des Garagendaches war eingedrückt. Die Farbe der weißen Holzwände blätterte zunehmend ab.

»Ach herrje«, sagte Katten neben Tench, während er seine Waffe zog und auf den Eingang zu lief.

Sie durchsuchten bedächtig das baufällige Gemäuer. Allerdings war das Ergebnis wie erwartet.

Noch nicht einmal Ratten wollten in dieser vor sich hin faulenden Bruchbude hausen.

Lediglich ein paar vereinzelte Kakerlaken krabbelten in Windeseile vor den Lichtkegeln ihrer Taschenlampen davon. Der Staub von Jahrzehnten, nein von Jahrhunderten, wie es Tench vorkam, lag auf den zurückgelassenen Möbeln und dem Boden und wirbelte unter ihren Sohlen auf.

»Okay. Weiter zum nächsten«, sagte er, als sie wieder ins Tageslicht hinaustraten.

»Die gleiche Straße. Lenders Drive 92«, sagte Muler und sie setzten sich in Bewegung. Der Nieselregen schien an Intensität zuzunehmen.

Das folgende Haus sah schon weit vielversprechender aus.

Es stand zwar offensichtlich bereits ebenfalls schon eine Weile lang leer, machte aber einen deutlich besseren Eindruck als Nummer 28.

Im Gegensatz zum vorherigen Anwesen handelte es sich zudem um ein doppelstöckiges Wohngebäude.

Die Fenster im Erdgeschoss waren mit Brettern vernagelt. Aber die Fassade im Großen und Ganzen noch intakt. Alles in verschiedenen Brauntönen gehalten und die Bausubstanz eindeutig stabiler.

Wie aufs Stichwort wurden sie angespannter.

Vor allem als Tench bemerkte, dass die Tür nicht verschlossen war und es im Inneren leicht nach Zigarettenrauch stank.

»Jemand ist hier gewesen«, murmelte Katten vor sich hin.

»Eindeutig. Und zwar vor nicht all zu ferner Zeit. Vielleicht ein Immobilienmakler oder Hausverwalter?« Tench sah sich nach allen Seiten um.

»Oder jemand anderes.«

Sie gingen durch einen schmalen Flur. Die Dielenbretter unter ihren Füßen knarzten vernehmlich und die Taschenlampen zuckten wild über Boden und Wände.

Tench fühlte, wie er bei jedem neuen Winkel unwillkürlich den Atem anhielt. Jeden Moment erwartete er, dass sie jemand aus dem Dunkel heraus ansprang.

Das Untergeschoss bestand aus mehreren Räumen. Einer Küche, ein großzügiges Wohnzimmer und daran angrenzend ein etwas kleineres Esszimmer. Sie wechselten die Führung und Katten ging voran, als sie in den ersten Stock hinauf stiegen.

Auch hier lag der gleiche Duft wie im Erdgeschoss in der Luft. Allerdings fanden sie keine ausgetretenen Zigarettenreste oder dergleichen. Die Durchsuchung der Zimmer dauerte nicht lange. Im Gegensatz zum Erdgeschoss gab es keine verwahrlosten Möbel und die Räume waren größtenteils entkernt worden.

Tench kam sich beinahe vor wie in einem noch unfertigen Bauabschnitt.

Als sie in den Keller hinabstiegen, bot sich ihnen hingegen ein völlig anderes Bild. Die Reste einer alten Ölheizung badeten knietief im Wasser. Überhaupt war der gesamte Keller bis zu einer Höhe von etwa 30 Zentimetern komplett überflutet.

Tench fragte sich, ob das ein Resultat des Gewitters der letzten Nacht war, oder ob es sich um einen permanenten Wasser- oder Rohrschaden handelte.

Er tendierte eher zu Letzterem. Immerhin wäre das schon allein ein Grund, warum niemand das Haus haben wollte. Etliche nackte Glühbirnen baumelten von der rissigen Decke. Es sah wie ein Wald aus Stalaktiten aus.

Aber als Muler aus Spaß einen der Schalter an der Wand betätigte, tat sich rein gar nichts.

»Naja«, raunte er vor sich hin.

»Immerhin ein Haus weniger.«

»Lasst uns weitersuchen«, sagte Katten und atmete aus.

Sie stiegen wieder zurück an die Oberfläche.

Dieses Spielchen wiederholte sich in der Folge mehr oder weniger den ganzen Nachmittag. In gefühlt immer mehr zunehmendem Regen durchsuchten sie eine löchrige und wurmstichige Behausung nach der anderen.

Immer im gleichen Muster.

In die jeweilige Ruine eindringen, alle Zimmer durchsuchen und nach verdächtigen Spuren suchen, nichts Verdächtiges finden und wieder verschwinden.

Alles in allem inspizierten sie auf dieses Weise sieben Häuser.

Einige waren in besserem Zustand, andere verdienten kaum den Titel Bauwerk.

Tench war zunächst über die schiere Anzahl erstaunt, aber dann rief er sich ins Gedächtnis, dass sie allein in den paar Stunden zehn Straßenzüge abgesucht hatten. Und das Wohngebiet galt schließlich nicht als das beste der Stadt.

Dennoch war es frustrierend als sie sich gegen 20 Uhr abends eingestehen mussten, dass ihre Durchsuchung ein Fehlschlag gewesen war.

Ernüchtert schleppten sie sich schließlich alle nach Hause und legten sich in ihre Betten.

Alpino Falls

Einen guten Kilometer weiter südlich und in einem weit nobleren Stadtviertel entschied sich Chat Larson zwei Stunden später dazu, zu Bett zu gehen.
Er hatte sich über drei Stunden die Wiederholungen alter College-Basketballspiele angesehen und ihm waren dabei immer wieder die Augen zugefallen.
Er streckte sich ausgiebig und war gerade dabei, sich von der Couch aufzurichten, als er auf einmal ein Geräusch aus dem Esszimmer hörte. Er stockte in der Bewegung.
Vermutlich war es Lucy, die gerade von dem Treffen mit ihrer Schulfreundin zurückkam.
Er lächelte glücklich.
Es freute ihn, dass seine Tochter so ziemlich das beliebteste Mädchen in der Klasse war und es ständig jemanden gab, Mädchen wie Jungen, die etwas mit ihr unternehmen oder sie zu einem Date ausführen wollten.
»Lucy Schatz, schön, dass du wieder da bist. Ist alles in Ordnung?«, fragte er in Richtung Durchgang zum Esszimmer.
Aber er erhielt keine Antwort.
Vielleicht hatte sie ihn nicht gehört oder sie antwortete gerade einer Freundin oder einem Freund auf eine Textnachricht. Wenn sie das tat, war sie fast nicht ansprechbar und in ihrer ganz eigenen Welt.
Wieder lächelte er.
Oder sie hatte sich einfach mal wieder ihre mobilen Lautsprecher in die Ohren gestopft.

Wie dem auch sei, angesichts der Ereignisse der letzten Tage hatte er ihr das Versprechen abgenommen, auf keinen Fall abends alleine los zu ziehen und spätestens um zehn zu Hause zu sein.
Er überprüfte seine Armbanduhr.
Was sie ja nun offensichtlich beherzigte.
Kluges Mädchen, dachte er. Kommt eben ganz nach ihrem alten Vater.
Er runzelte die Stirn.
Mal abgesehen davon, dass er sich nie diese dämlichen Stöpsel für die Ohren gekauft hätte. Wie angesagt sie auch gewesen wären. Was die wohl für einen Schaden anrichteten. Nicht auszudenken.
Larson fand die Dinger grässlich. Aber die Kids standen nun einmal darauf. Man musste sich offenbar unter den Gleichaltrigen seiner Tochter heutzutage fast schämen, wenn man so etwas nicht besaß.
Er stieß einen verächtlichen Laut aus und erinnerte sich sehnsüchtig daran zurück, was in seiner Jugend als Inn und cool gegolten hatte und musste dabei fast über sich selbst zur damaligen Zeit schmunzeln.
Mit einem Mal hörte er einen weiteren Laut aus Richtung Esszimmer.
Er wandte den Kopf in Richtung Durchgang.
Und dann erstarrte er.
Ein Mann löste sich langsam aus den Schatten und blieb unter dem Durchgang stehen.
Larson war wie paralysiert.
Scheiße, was war hier los?
Dass die Gestalt nichts Gutes im Sinn hatte, erkannte er schon an der Maske, die sie sich über den Kopf gezogen hatte.
Reflexartig sprang er von der Couch auf und stürzte Richtung Küche.
Eine zweite Gestalt tauchte vor der Fliegengittertür zum Garten auf. Auch sie trug eine schwarze Stoffmaske.
All die schrecklichen Ereignisse der letzten Tage durchströmten auf einmal sein Gehirn. Er bog erneut ab und rannte in Richtung Flur als eine dritte Gestalt vor ihm aus den Schatten trat.
Er stoppte. Er war umstellt von allen Seiten.
Im nächsten Moment prallte ein schwerer Körper von hinten auf ihn

und drückte ihn zu Boden. Er spürte den weichen Teppichboden an seiner Wange. Die Gestalt kniete auf seinem Rücken.

Er strampelte. Und er hörte das Geräusch der trappelnden Schritte der beiden anderen Gestalten, die sich näherten. Dann traf ihn ein Schlag gegen die Schläfe. Ihm wurde schwarz vor Augen.

Das Haus, sechs Tage vorher

Brian verließ das Haus am frühen Morgen.
Davor überprüfte er noch einmal sein Aussehen.
Eine dunkel umrandete Brille, ein schmuddeliger Bart, die Haare etwas länger, eine blaue Baseball-Kappe. Alles Dinge, die er normalerweise nicht trug, und die ihm eine gewisse Anonymität gewährleisten sollten.
Anschließend sprach er mit den anderen noch einmal kurz die Lage durch. Eigentlich war das überflüssig, weil sie seit ihrem Aufbruch an Gesprächen praktisch nichts anderes taten. Aber dennoch wiederholten sie es pflichtbewusst noch ein weiteres Mal.
Danach verließ er das Haus. Er vergewisserte sich, dass niemand auf der Straße unterwegs war, schlüpfte über den Hintereingang nach draußen und umrundete das Bauwerk.
Obwohl es noch dunkel war, war er extrem vorsichtig. Später in der Nähe des Stadtzentrums würde er sich sorgloser bewegen können. Aber jetzt war es entscheidend, keine Aufmerksamkeit zu erregen.
Er schlenderte in Richtung Dorfzentrum und suchte sich gegen 8 Uhr an einem der Außentische eines Cafés einen Beobachtungsposten. Dort blieb er anderthalb Stunden und trank in dieser Zeit zwei Tassen Kaffee. Der Laden warb mit dem besten Cappuccino der Stadt, also probierte Brian auch davon.
Er hatte es nicht eilig.
Und gegen 10 Uhr erschien endlich die Person, auf die er gewartet hatte. Sie betrat ein Gebäude auf der anderen Straßenseite. Brian wechselte seinen Beobachtungsposten und setzte sich auf eine Bank am Beginn des

benachbarten Parks. Er harrte aus, bis die Person das Gebäude wieder verließ.

Dies tat sie gegen Viertel vor elf. Dann folgte er ihr in einen anderen Coffeeshop als in den, in dem er gesessen hatte, und stand in der Schlange zwei Leute hinter dem Mann, als der sich einen Bagel mit Käse, Ei und Schinken kaufte.

Im Anschluss kehrte er damit zu seinem Arbeitsplatz zurück.

So ging das Spielchen mehr oder weniger den ganzen Tag. Das gleiche Prozedere beim Mittagessen. Und gegen 15 Uhr traf sich die Person vier Straßen weiter mit einer jungen Frau zu einem Nachmittagssnack in einem 24h-Restaurant.

Sie waren nun schon beinahe am Stadtrand angekommen. Brian sah die lange Straße, die nach Galondale führte und von der eigentlich nur noch zwei Straßen abgingen.

Die eine führte nach links, an Clive Drechslers Tankstelle vorbei, den Hügel hinauf bis zu den Indianerfelsen und der Hicksen-Farm. Die andere zweigte weiter draußen nach rechts ab und führte dann schnurgerade an den Hochspannungsleitungen entlang. Es war wahrlich kein erhebender Anblick. Man konnte die Stromleitungen auf der staubigen Piste in der Luft sogar surren hören.

Besonders an heißen Tagen war Brian das extrem aufgefallen.

Und gegen 15:45 Uhr geschah dann schließlich das Entscheidende.

Der Mann setzte sich in sein Auto, das er in der Nähe abgestellt hatte, und nahm dann die erste dieser Straßen den Hügel hinauf zur Hicksen-Farm.

Brian dachte schon, er hätte die Person verloren, als er die Bremslichter und den Blinker weit vor sich im Mais aufleuchten sah.

Von seiner Position aus konnte er fast die gesamte Strecke einsehen, die sich den Hügel hinauf schlängelte.

Er folgte dem Wagen mit den Augen und beobachtete, wie er vor dem Abzweig zur Hicksen-Farm abgestellt wurde. Dann sah er den in der Ferne winzig wirkenden Mann aussteigen und als kleinen Punkt den Weg zur Farm nehmen.

Er wartete ein paar Minuten, bis der Punkt hinter der Hügelkuppe völlig verschwunden war. Dann machte er sich so unauffällig wie möglich auf den Weg Richtung Bach. Er überquerte ihn über eine der Brücken in der Nähe des Gemeindehauses und tauchte, als ihn von der Stadt aus niemand mehr sehen konnte, in das Meer aus Maisstängeln ein.

Er folgte dem Gelände. Immer auf die Indianerfelsen zu. Er kannte sich hier aus. War hier aufgewachsen. Schließlich erreichte er sie und kurz darauf die Straße dahinter. Der Mais wisperte im Wind.

Er sah den Wagen halb versteckt zwischen den Stängeln stehen.

Es war ein weißer Toyota.

Argwöhnisch sah er sich um. Weit und breit war kein anderes Auto, keine Menschenseele zu sehen. Nur der Mais um ihn herum und die Bäume über der indianischen Kultstätte.

Es war soweit.

Er schob sich unter den Toyota und riss nach kurzem Suchen zwei Kabel aus ihren Verankerungen. Dann schlich er wieder zurück. Er hockte sich auf einen der Indianerfelsen und beobachtete das Fahrzeug durch das Blattwerk der Bäume.

Drei Stunden musste er warten, bis Arthur Stoler zurückkam. Er erkannte ihn sofort als er sich wieder über die Hügelkuppe näherte.

Der Mistkerl probierte etwas an dem Wagen herum, aber als der auch nach mehrmaligem Versuchen nicht starten wollte, macht er sich letztlich zu Fuß auf den Weg.

So, wie er gehofft hatte.

Durch den Mais. Direkt vor dem Wäldchen.

Wie ein Raubtier beobachtete Brian die Halme, die durch Stolers Bewegungen hin und her schwangen. Wie er es vorausgesehen hatte.

Langsam glitt er von dem Felsen und bewegte sich auf die sich bewegenden Halme zu.

Alpino Falls

Chat Larson erwachte aus seiner Ohnmacht, als er rüde über einen rauen Untergrund gezerrt wurde. Etwas Weiches, Faseriges streifte sein Bein. Dann seinen Rücken.
Jemand zog ihn an den Beinen über einen unebenen Boden.
Sein Kopf schlingerte hin und her. Ein heftiger Schmerz wühlte hinter seiner Stirn.
Und plötzlich überkam ihn eine Welle der Übelkeit. Er erbrach sich nach links. Mitten in die … ja, was war das? Es war feuchte Erde. Aber er konnte kaum etwas sehen. Es war zu dunkel.
Für einen Moment wusste er nicht, wo er war. Doch dann sah er im trüben Zwielicht den Wald aus dicken Stängeln vor sich und roch den charakteristischen Duft.
Er war im Mais. Irgendwo in den riesigen Maisfeldern.
Über sich, jenseits der Halme, konnte er den funkelnden Nachthimmel ausmachen. Hunderte, tausende Sterne. Offenbar war die Wolkendecke nun doch aufgerissen. Er musste wieder würgen.
Und auf einmal ließ der Zug an seinen Beinen nach. Kurz darauf vernahm er eine Stimme.
»Wenn wir nicht aufpassen, erstickt er noch an seinem eigenen Erbrochenen.«
»Na und? Was macht das für einen Unterschied?«
»Halt die Klappe und zieh weiter. Es ist nicht mehr weit.«
Nicht mehr weit? Bis wohin? Larsons Gedanken rasten. Je mehr, desto klarer er wieder im Kopf wurde.

Diese verdammten Mistkerle hatten ihn in seinem eigenen Haus überwältig. Gedanken an die drei Morde der letzten Tage durchzuckten in wirrer Folge sein Hirn. Grausame Vorstellungen.

Nicht zu fassen, dass er ...

»Da hinten ist es«, sagte eine andere Stimme.

Er wurde weiter gezogen. Seine Energie reichte kaum aus, um den Oberkörper anzuheben.

Die Reihen aus Mais lichteten sich plötzlich und er sah eine Erhebung vor sich. Wie der Körper einer riesigen Schlange, die sich durch den Mais wand.

Sämtliche Kraft wich mit einem Mal aus seinem Körper, als er erkannte, was das war.

Es war die Böschung, auf der die Zuggleise durch die Maisfelder verliefen.

»Nein«, er fluchte.

Eine der Stimmen kicherte.

»Ich glaube, er hats schon kapiert.«

Sie wuchteten ihn den Hügel hinauf, hielten dann aber auf halber Strecke an, um zu verschnaufen.

»Damit werdet ihr nicht durchkommen ihr Scheißkerle«, presste Larson mühsam hervor. Er kannte die Geschichte von Sasketoon wie fast jeder der älteren Generation in Alpino Falls. Ebenso das Kinderbuch. Aber auch wenn nichts dergleichen passiert wäre, er wusste genau, was sie mit ihm vorhatten.

»Ach nein?«, verhöhnte eine der drei Gestalten ihn arrogant.

»Hilfe!«, rief Larson mit erstickter Stimme. Aber es war kaum mehr als ein lautes Krächzen.

»Hier draußen kann dich sowieso keiner hören«, sagte eine der anderen Gestalten und schlug ihm hart ins Gesicht.

Larson stöhnte auf vor Schmerz. Er war kurz benommen, schmeckte Blut auf der Zunge.

»Wer zur Hölle seid ihr?«

Die drei Schatten sahen sich an und kicherten.

»Er hat keine Ahnung. Wie die anderen drei«, gluckste einer.

In der Ferne hörte Larson das Signalhorn des Güterzuges. Es war der Zug, der jede Nacht an der Stadt vorbei donnerte.

Das Ding würde ihn in Stücke häckseln.

»Auf die Gleise mit ihm«, sagte der Kerl, der ihn geschlagen hatte. Fraglos der Anführer.

Die anderen beiden packten ihn. Larson wollte mit den Beinen strampeln und nach ihnen treten. Aber seine Füße waren zusammengebunden.

»Nein«, schrie er. Aber sie zerrten ihn unerbittlich auf die Gleise.

Er spürte die erste Schiene unter seinem Rücken. Dann lag er in der Mitte.

Er kämpfte verzweifelt. Einer der beiden Typen hockte sich auf seine Brust und hielt ihn fest. Der andere band seine Füße und Hände an die Schienen.

Es war furchtbar.

Er konnte nicht das Geringste tun. Er lag jetzt quer auf den Gleisen. Der Zug würde seine Arme und Beine abtrennen, bevor er ihn unter sich begrub.

»Wer zur Hölle seid ihr?«, fragte er noch einmal. Tränen liefen ihm über die Wangen, aber er wollte zumindest wissen, wer ihn umbrachte.

Sie waren mit ihrer Arbeit fertig und traten zurück.

»Wir sollten es ihm sagen«, sagte einer der zwei, die ihn gefesselt hatten.

»Er hat ein Recht darauf, es zu erfahren, bevor er stirbt. So wie eigentlich auch die anderen drei. Paul würde es auch so wollen.«

Kurze Stille.

»Du hast Recht«, sagte der Anführer und trat einen Schritt vor.

Larson starrte den Schatten an. Seine Augen gewöhnten sich immer besser an die Dunkelheit. Etwas hinter dem Kerl fiel ihm auf. Etwas, das im Mais stand. Auf einer in die Pflanzen getrampelten Lichtung. Es war groß. Die größte Vogelscheuche, die er im Leben je gesehen hatte. Und sie schien mit ausgestreckten Klauen auf ihn zu zu rennen. Der gewaltige Kürbiskopf thronte bedrohlich auf dem Gestell und zeichnete sich unheimlich vor dem Sternenhimmel ab. Jetzt, in dieser Sekunde hatte er keine Zweifel mehr.

»Die anderen drei«, sagte er wie zu sich selbst. Es waren die Killer, die da vor ihm standen. Hätte es noch eines Beweises bedurft, hatten sie ihm den nun geliefert. Das hier waren die Gestalten, die Alpino Falls seit Tagen in Angst und Schrecken versetzten.

»Ja, die anderen drei«, sagte der Anführer und kam noch ein Stück näher.

»Stoler, Larou, Drechsler und jetzt du.« Er ging vor seinem Gesicht in die Hocke.

»Wieso?«, brachte Larson unter Tränen nur mühsam heraus.

»Das will ich dir doch gerade erzählen«, sagte der Schatten grässlich ruhig.

Das entfernte Signalhorn des Güterzuges erklang erneut. Dieses Mal jedoch schon deutlich näher. Larsons Haut kribbelte vor Angst.

Er sah, dass der Mistkerl grinste.

»Hörst du das? Das ist dein Zug. Keine Angst, du wirst ihn nicht verpassen.«

Larson sagte nichts. Er konnte diesem Monster alles Mögliche an den Kopf werfen. Aber helfen würde es nichts.

Er war dem Tod geweiht.

»Der Grund für deinen Tod«, fuhr die Gestalt fort.

»Sagt dir der Name Sansbrook irgendetwas?«

Larson bemühte sich nachzudenken. Aber es war nicht so einfach mit dem Wissen über den heran rasenden Zug.

»Komm schon, Alter. Ist doch kein so verbreiteter Name«, ermutigte ihn der Schatten.

Plötzlich schoss Larson eine Assoziation durch den Kopf. Aber wenn … Nein, das war absurd.

»Das kann nicht euer Ernst sein«, brachte er ungläubig heraus.

Der Anführer stand auf und trat ihm so heftig in den Bauch, dass Larson glaubte, seine Eingeweide würden explodieren. Er japste vor Schmerzen nach Luft.

»Doch, du dämlicher Idiot. Das ist unser Ernst«, fauchte die Gestalt.

»Wie heißt es in der Bibel: Auge um Auge, Zahn um Zahn.«

Larson krümmte sich. Aber er war so festgezurrt, dass er sich kaum bewegen konnte.
»Ich«, stöhnte er, »ich habe getan, was ich tun musste.«
»Blödsinn.«
Wieder ein Tritt.
»Du hast Lea und Fred Sansbrook die Pacht für über die Hälfte ihrer Felder entzogen. Sie haben dich angefleht. Ohne die Felder konnten sie ihre Farm nicht halten. Sie waren über beide Ohren verschuldet. Fred Sansbrook war so verzweifelt, dass er sich schließlich vor den Güterzug geworfen und so seinem Leben ein Ende gesetzt hat. Die Strecke verlief damals noch etwas weiter von der Stadt entfernt. Seine Familie hat lange Zeit am Existenzminimum gelebt. Die Mutter hätte sich fast prostituieren müssen. Ich kenne die Geschichte aus erster Hand von seinem Sohn Paul. Also erzähl mir keinen Scheiß.« Der Anführer spuckte ihm ins Gesicht.
»Du hast nur aus Geldgier gehandelt. So wie deine drei Vorgänger. Larou hat Joeys Eltern hier«, er deutete auf eine der zwei Gestalten, die ihn festgebunden hatten, »einen Kredit mit Zinsen aufgebrummt, den sie niemals abbezahlen konnten. Vielleicht sagt dir der Name Robert Smith noch etwas. Joeys Vater wusste irgendwann nicht mehr weiter und hat sich vom Dach seiner Scheune in einen Pflug gestürzt. Es war ein fürchterlicher Anblick. Joey hat seinen Vater gefunden, wie er aufgespießt wie ein Stück Barbecue da hing. Es verfolgt ihn noch heute in seinen Träumen. Drechsler hat Alans Mom«, er deutete auf das andere Phantom, »in den finanziellen Ruin getrieben. Sie hat sich in der Garage ihres eigenen Hauses erhängt. Und Stoler, Stoler hat meinen Vater ausgetrickst und ihm eine baufällige Ruine zu einem solchen Preis angedreht, dass er in derart finanziellen Schwierigkeiten geriet, dass er versucht hat das Haus anzuzünden und vielleicht noch so das Geld von der Versicherung wieder zu bekommen. Keine Ahnung, was damals genau passiert ist, ob er sich umbringen wollte oder es einen Unfall gab und er das Haus nicht mehr rechtzeitig verlassen konnte. Jedenfalls verbrannte er bei lebendigem Leib.«
Brian machte eine kurze Pause.

Larson schossen die drei Morde durch den Kopf.

»Deswegen diese seltsamen Arrangements«, platzte es erkennend aus ihm heraus. »Alle in der Stadt haben darüber gerätselt. Aber jetzt verstehe ich. Ihr habt die Taten nach dem Vorbild der damaligen Selbstmorde inszeniert.«

»Wow.«

Brian klatschte in die Hände.

»Endlich hat es mal einer kapiert.«

Die anderen beiden klatschten ebenfalls in gespieltem Hohn Beifall.

Ein weiterer Gedanke schoss Larson durch den Kopf.

»Aber die Morde passen nicht zu den jeweiligen Selbstmordgeschichten, die ihr rächen wollt.«

»Ja klar«, antwortete Brian.

»Wir lehnen uns mit dieser Inszenierung schon genug aus dem Fenster. Wenn jeder Tote nach dem Selbstmord in seiner Vergangenheit getötet worden wäre, wäre die Wahrscheinlichkeit, dass das Muster enttarnt werden könnte ungleich größer. Dieses Risiko konnten wir nicht eingehen. Deswegen mussten wir die Morde sozusagen crossover, also überkreuz inszenieren. Nicht so ganz befriedigend. Aber glaub mir, es hat schon Spaß gemacht das Dreckschwein Stoler auf die Pfähle aufzuspießen. Fast so sehr, wie ihn bei lebendigem Leibe verbrennen zu sehen. Da bin ich sicher.«

Brian dachte noch einmal an den Moment zurück. An den Moment, in dem er den Körper von Stoler auf die angespitzten Stangen gedrückt hatte.

Die Pflöcke waren nicht leicht zu transportieren gewesen. Er hatte sie im selben Heimwerkermarkt wie das Material für die Vogelscheuchen gekauft.

Natürlich in mehreren Einkäufen, damit hinterher niemandem etwas auffiel. Er hatte sogar darauf geachtet, bei jedem Kauf zu einem anderen Kassierer zu gehen. Und er hatte bar bezahlt. Jedes Mal. Nichts ließ sich zu ihnen zurück verfolgen. Er hatte an alles gedacht. An die Vorbereitungen, an ihren Unterschlupf während den Taten, daran falsche Spuren zu legen, an die gefälschten Nummernschilder des Pick-up. An alles.

Noch in der heutigen Nacht, nach dem vierten und letzten Mord, würden sie ihre Sachen zusammenpacken, die Stadt verlassen und nie wieder zurückkehren.
Diesen Ort, der für sie mit so viel Leid verknüpft war, würden sie so gut es ging aus ihrem Gedächtnis tilgen und irgendwo anders neu anfangen. Das Unrecht war dann gesühnt und sie konnten sich wieder ihrem normalen Leben zuwenden und nach vorn schauen. Endlich.
Die Ereignisse waren so, wie sie sein sollten. Wie er es von Anfang an geplant hatte. All das nach diesem ersten schicksalshaften Zusammentreffen mit Paul an der Universität. Sie alle hatten sich an der Universität kennengelernt. Der Zufall hätte größer kaum sein können. Vier gestrandete, gepeinigte Seelen aus der gleichen Stadt. Und sein Plan hatte Form angenommen. Alle waren ziemlich leicht zu überzeugen gewesen. In ihnen allen loderte weiß glühend der Hass.
Alles war perfekt.
Er musste ihn nur kanalisieren.
Er dachte einen Moment lang an Paul.
Was er wohl gerade machte? Ob er in diesem Augenblick eine ihrer gestellten Unterhaltungen abspielte und seinem Onkel so vorgaukelte, sie wären alle noch in der Hütte? Vielleicht. Nein, es war sicher, dass alles nach Plan lief. Sonst hätte Paul sich schon bei ihnen gemeldet. Alles funktionierte prächtig.
Jedenfalls würde ihnen der alte Kauz das perfekte Alibi liefern. Und darüber hinaus konnten sie sich gegenseitig decken.
Jedes kleine Rädchen griff, so wie erhofft, ineinander.
Er hatte den ersten Mord begangen und nachdem das geschafft war, hatte er laut lachend im Maisfeld gestanden.
Ja er hatte fast nicht mehr damit aufhören können. Ein wenig irre war er sich schon vorgekommen. Aber ab da war alles einfacher gegangen. Er hatte den anderen bewiesen, dass alles klappen würde.
Und so war Joey bei seinem Mord an Larou schon ziemlich zuversichtlich und abgebrüht gewesen.
Das größte Vergnügen dürfte wohl Alan gehabt haben, als er Drechsler

lebendig anzünden konnte, aber Brian gönnte ihm diesen Moment. Jetzt war nur noch der Pakt zu erledigen, den sie Paul schuldig waren.

Sie hatten sich von Anfang an darauf verständigt, dass jeder seinen Mord alleine für sich verüben durfte. Und dass sie sich dann, als großes Finale wenn man so wollte, gemeinschaftlich für Paul rächen würden, der aus taktischen Gründen zurückstecken musste und während sie hier draußen im Mais für Gerechtigkeit sorgten, für ihr Alibi zuständig war.

»Ihr seid doch verrückt«, riss ihn die Stimme von Larson aus seinen Überlegungen.

Brian schüttelte den Kopf und streifte seine Gedanken ab.

»Wieso? So ist jeder zufrieden. Jeder hat der Gerechtigkeit genüge getan. Joey hat Larou um die Ecke gebracht, Alan durfte sich an Drechsler rächen und ich konnte das Schwein Stoler umbringen. Und in ein paar Minuten«, er sah auf seine Uhr, »ist auch unser verehrter und aufopferungsvoller Freund Paul Sansbrook mit Ihrem Tod gerächt. Und das Schönste«, er vollführte eine elegante Handbewegung, »niemand wird jemals etwas davon erfahren.«

Wie zur Bestätigung ertönte wieder das sich nähernde Signalhorn des Güterzuges.

»Alle werden denken ein Irrer oder mehrere sind aufgetaucht und haben die Legende von Sasketoon wieder zum Leben erweckt. Oder noch besser, Sasketoon selbst ist zurückgekehrt.«

Ein leichter Schauer lief ihm selbst dabei über den Rücken. Er kannte die Geschichte und das Buch aus Kindertagen. Er selbst hatte sich mehr als gefürchtet vor Sasketoon, dem Monster aus dem Mais. Dem Monster, das sich ungesehen zwischen den übermannshohen Stängeln bewegen konnte.

Lautlos, nur um darauf zu warten zuzuschlagen. Vor allem nachts. Er hatte sich damals nicht nach Einbruch der Dunkelheit nach draußen getraut. Seine Mutter hatte ihm in späteren Jahren von der Mordserie als reales Vorbild erzählt.

Larson ächzte unter Schmerzen.

»Aber warum diese Sasketoon-Nachahmung?«

Brian lächelte stolz.

»Mir selbst ist diese Idee gekommen, nachdem ich die Geschichten hörte, wie die Selbstmorde zustande kamen. Ich erinnerte mich, dass in der Original-Mordserie von damals sowohl jemand auf die Zinken seines Mähdreschers gespießt wurde, jemand verbrannt, ein anderer auf die Gleise gefesselt, ja sogar jemand an einer Brücke aufgehängt wurde. Alles passte perfekt. Fast schon übernatürlich.«

Er hob die Hände.

»Einen besseren Zufall konnte es doch gar nicht geben. Unsere Rache als Nachahmungsmorde zu tarnen war die optimale Verschleierungstaktik. Niemand wird jemals Verdacht schöpfen. Wie auch? Auf eine perfide Art ist das genial. Das müssen Sie zugeben. Es war eine Genugtuung all diese Schweine auf die Art umzubringen, wie sich andere wegen ihnen das Leben genommen haben, sei es auch überkreuz passiert, und die Sache gleichzeitig als Nachahmungsmorde einer grausamen Serie vor etlichen Jahren zu tarnen war mehr als clever. Und so wird niemand jemals dahinter kommen. Alles ist gleich auf doppelte Weise abgesichert.«

In diesem Moment zögerte Brian, als wieder das Signalhorn des Güterzuges erklang.

Er sah zu Joey und Alan hinüber. Für einen kurzen Moment runzelte er die Stirn.

Offenbar hatten sie es auch gehört, denn sie sahen sich beide verwirrt an.

Alan fand als Erster seine Sprache wieder.

»Habt ihr nicht auch den Eindruck, dass ...«

»Pssst«, zischte Brian.

Sie lauschten angestrengt in die Nacht. Niemand sagte etwas. Es vergingen ein paar Minuten, bis wieder das Signalhorn zu hören war.

»Scheiße, du hast Recht«, entfuhr es Joey.

»Brian. Was ist da los?«

Brian hatte es jetzt auch deutlich gehört. Aber was da geschah, ergab keinen Sinn. Das Signalhorn schien wieder schwächer zu werden. Es klang eindeutig weiter entfernt und leiser als beim letzten Mal.

Er betätigte rasch die Leuchtanzeige an seiner Uhr.

In gerade einmal einer Minute müsste der Zug bereits da sein. Das Horn hätte schon dröhnend laut sein müssen.
Sie lauschten noch einmal.
Aber wieder war das Horn beim nächsten Mal eine Spur leiser.
»Scheiße«, Brian fluchte. Irgendetwas stimmte nicht. Irgendetwas lief falsch. Dabei hatten sie jede Nacht von den Fenstern des Hauses aus beobachtet, wie der Zug mit seinen Scheinwerfern an der Stadt vorbei brauste. Sie hatten dort in der Dunkelheit gestanden und sich die Zeiten notiert. Es war immer das Gleiche. Der Zug war pünktlich wie ein Uhrwerk. Immer zur gleichen Zeit rumpelte er mit seinen Tonnen von Fracht an der Stadt vorbei durch die Maisfelder. Ein martialischer Anblick.
Aber heute nicht. Brian stellte sich auf einer Weiche auf die Zehenspitzen. Aber er konnte noch nicht einmal die Lichter des Zuges sehen. Scheiße, was war hier los?
Plötzlich hörte er ein anderes Geräusch.
Es war ein Klicken.
Unheilvoller als jedes Geräusch, das er in seinem Leben bislang gehört hatte.
Einen Sekundenbruchteil lang passierte gar nichts. Dann drang eine geisterhafte Stimme aus dem Mais.
»Kommt euer Zug nicht Jungs?« Ein Rascheln. »Das ist aber schade.«
Brian wirbelte herum. Auch Joey und Alan zuckten zusammen. Instinktiv machte Alan einen Satz die Böschung hinunter und auf den Mais zu, aber im nächsten Moment schlug eine Kugel direkt vor seinen Füßen ein und er blieb stehen.
Der Abschussknall hallte über den Mais.
»Schön hiergeblieben ihr Mistkerle«, sagte eine schattenhafte Stimme.
Brian glaubte lokalisieren zu können, woher sie kam. Panik drohte ihn zu erfassen.
Aber da er noch kein Sirenengeheul hörte, schien noch nicht alles verloren zu sein. Ihr Besucher war offenbar allein gekommen.
Es ertönte wieder ein Rascheln. Dann trat eine Gestalt auf die Lichtung, auf der die Vogelscheuche stand.

Für einen Augenblick blieb sie nur stehen und musterte die Konstruktion aus Brettern und Kürbis. Dann wandte sie sich wieder ihnen zu.

»Sehr hübsch«, meinte sie dann. Brian sah den schweren Revolver in der Hand des Mannes. Den Revolver, dessen Klicken er gerade gehört hatte, als der Hahn gespannt wurde.

Der Mond war hell genug, dass er das Gesicht ihres Besuchers sehen konnte. Es war ihm völlig unbekannt.

»Wer zur Hölle sind Sie?«, fragte er mechanisch. Etwas Besseres fiel ihm einfach nicht ein. Da er noch immer keine Sirenen hören konnte, war der Idiot offenbar tatsächlich allein. Es galt Zeit zu gewinnen. Er musste nachdenken.

»Ist egal. Auf eine lange Vorstellungsrunde können wir angesichts der Situation verzichten, denke ich«, sagte Grant auf die Frage einer der Killer, der Brian hieß, wenn er der Unterhaltung richtig gefolgt war.

Er kam ein paar Schritte auf die Truppe zu.

Larson wimmerte noch immer vor Schmerzen.

Grant zog ein Bündel aus der Tasche und warf es vor den drei Gestalten auf die Erde.

»Und übrigens danke für das ausführliche Geständnis.« Er hielt einen kleinen Digitalrekorder hoch.

»So macht die Arbeit Spaß. Fesselt euch damit. Jeder einzeln«, sagte er und deutete mit der Waffe auf das Bündel auf dem Boden.

Es waren große Kabelbinder.

Brian kochte vor Wut. Was bildete diese Ratte sich ein? Und wie zum Teufel war er ihnen auf die Schliche gekommen? Zahllose Fragen bestürmten ihn.

Aber es war egal.

Ihr Geständnis war auf Band. Er hatte selbst dafür gesorgt. Allerdings wusste auch offenbar nur dieser Typ, wer immer er war, über sie Bescheid. Nirgendwo ein Sheriff oder andere Cops. Nur er stand zwischen ihnen und der Freiheit.

Er tauschte einen raschen Blick mit Joey und Alan. Noch bevor er überhaupt richtig darüber nachdachte, sprang er auf den Mann zu und wollte ihm die Waffe entreißen. Joey und Alan kamen von der Seite.

Brian war verblüfft.

Der Mistkerl schoss zwar nicht auf ihn, wich jedoch seinem Angriff blitzschnell aus, duckte sich zur Seite weg und ihm nächsten Moment krachte der Griff des Revolvers in Brians Gesicht.

Er spürte, wie Knochen und Zähne brachen und jaulte gepeinigt vor Schmerz auf.

Joey sprang seinerseits auf den Fremden zu und konnte sogar einen Treffer landen. Aber dann knockten zwei Schläge, die sich wie Dampframmen anfühlten, ihn komplett aus.

Er sackte zu Boden.

Alan erging es kaum besser. Er wurde herumgewirbelt und mit der Stirn heftig auf die erste Schiene geknallt.

»Binden Sie mich los, binden Sie mich los«, kreischte Larson in das Durcheinander.

»Der Zug.«

In aller Seelenruhe schleifte Grant die drei vor Schmerz stöhnenden Gestalten eine nach der anderen die Böschung hinauf und fesselte sie jeweils mit mehreren Kabelbindern an die Gleise.

Larson sah dem Manöver ungläubig zu.

»Sie, Sie wollen sie doch nicht etwa umbringen?«

Grant warf ihm einen Blick zu.

»Wieso nicht?«

Larson starrte ihn fassungslos an.

Es entstand eine kurze Pause.

»Nein, natürlich nicht«, Grant zwinkerte ihm zu. »Der Zug fährt eine Ausweichstrecke. Dafür habe ich mit einem Anruf gesorgt.«

»Ich verstehe nicht, woher Sie …«, begann Larson. Aber Grant hob die Hand.

»Lange Geschichte«, sagte er. »Aber eigentlich sollten Sie sich auch nicht bei mir, sondern bei meiner Tante bedanken. Sie verdanken mehr oder weniger ihrem Erinnerungsvermögen Ihr Leben. Alles, was ich tun musste, war, Ihr Haus im Auge zu behalten und Ihren Killern hierher zu folgen.«

Er zog sein Handy aus der Tasche und wählte die Nummer des Sheriffs. Es hob niemand ab.

»Hm, schläft vermutlich tief und fest«, sagte Grant und probierte es ein zweites und drittes Mal. Währenddessen warf er einen Blick auf die gefesselten Killer und zuckte die Achseln.

»Eilt ja nicht.«

Schließlich nahm eine verschlafene Stimme ab.

»Tench hier, was ist los?«

»Ich glaube Sie sollten aufstehen Sheriff und sich den Ruhm abholen, der Ihnen die nächsten beiden Wiederwahlen sichern dürfte«, sagte Grant und zwinkerte Larson noch einmal zu.

Wenig später war Sirenengeheul in den Maisfeldern zu hören.

Alpino Falls

Der Zeitpunkt des Abschiedes rückte immer näher.
Grant saß zusammen mit Gunther und Cassandra auf der Terrasse herum. Es war ein strahlend blauer, sonniger Tag gewesen. Und nun, da die Sonne langsam unterging und noch einmal ihr orangefarbenes Licht über die Maisfelder goss, genoss Grant die letzten Schluck Bier, bevor es Zeit zum Aufbruch war.

Er hatte angesichts der Umstände vom Commissioner eine zusätzliche Woche Urlaub erhalten und so würde seine Tour durch den Kontinent bis zu seinem Ziel Vancouver Island und Pazifik nun doch noch klappen.

Sein Gepäck hatte er schon in den weißen Mitsubishi geladen und das hier war dann wohl so etwas wie der Abschiedsumtrunk.

Praktisch den ganzen Nachmittag hatte er sich von Cassandra und Gunther ausfragen lassen. Über die Details des Falles, die Mörder und vor allem, wie er auf die Lösung des Rätsels gekommen war.

Cassandra war hocherfreut, als Grant ihr mitteilte, dass es eigentlich sie selbst war, die das Geheimnis gelüftet hatte. Durch ihr unerschöpfliches Wissen über die Stadt und so ziemlich alles, was dort vor sich ging.

Natürlich, den Schluss der Verbindung zwischen den neuerlichen Morden und der Zusammenhang und die Gleichheit zu den Selbstmorden in der persönlichen Geschichte der Opfer hatte er selbst ziehen müssen.

Erst nach Drechslers Tod war er auf diese Möglichkeit gestoßen. Aber den entscheidenden Hinweis hatte ihm Cassandra geliefert. Mit der Information, wie genau der Selbstmord von Robert Smith damals abgelaufen war.

Er war von seinem Pflug aufgespießt worden, in den er sich gestürzt hatte. So aufgespießt, wie man Stoler auf den Pflöcken aufgespießt am ersten Tatort gefunden hatte. Verbrennen, erhängen, aber dieses Aufspießen stach deutlich heraus. Die Tatsache, dass die Mörder die Geschichte von Sasketoon kannten, mit den Vogelscheuchen nachstellten und die Morde überkreuz inszenierten, war gleich eine doppelte Verschleierungstaktik. Aber irgendwie war Grant durch das Kinderbuch, die Geschichten seiner Tante und durch die Informationen von Tench, dass es sich gleich um mehrere Mörder handelte, doch auf die Lösung gekommen.

Er hatte sich mit einer gewissen Vorahnung vor dem Haus von Larson auf die Lauer gelegt. Schon allein, nachdem er von seiner Tante gehört hatte, wie sich ein durch dessen Machenschaften in den Ruin getriebener Mann namens Sansbrook vor Jahren vor den Güterzug geworfen hatte. Die Mörder hatten sich offenbar so sicher gefühlt, dass sie bei diesem letzten Mord ihre Überkreuzstrategie aufgegeben hatten. Vielleicht, weil sie glaubten, nicht enttarnt werden zu können. Vielleicht als Reminiszens an ihren zu rächenden Kumpanen. Er wusste es nicht. Aber das war ein weiterer Modus Operandi, der vielleicht nicht einmal den Killern selbst richtig bewusst geworden war. Alle wurden vermeintlich durch die skrupellosen Handlungen einer Person in die Enge und letztendlich in den Selbstmord getrieben. Wobei es jedoch immer um wirtschaftliche Belange, also letztendlich ums Geld ging. Bei den Tätern wie bei den Opfern.

Grant fragte sich, ob das womöglich schon bei der ursprünglichen Sasketoon Mordserie so gewesen sein konnte. Aber das war ein Rätsel, das wohl im Sumpf der Geschichte begraben bleiben würde.

Ja, es war letztendlich um Geld gegangen. Zwar gab es laut seiner Tante auch einige Selbstmorde mit Schusswaffen in der Geschichte von Alpino Falls, die auch zu den Sasketoon Morden gepasst hätten.

Aber keiner war wegen skrupellosen Menschen und daraus resultierenden ausweglosen Situationen zustande gekommen. Zwei Selbstmorde mit Schusswaffen von stadtfremden Geschäftsreisenden, die sich in Hotels das Leben genommen hatten und einer von einer Frau wegen Depressionen oder einer anderen psychischen Erkrankung. Larson war somit die logische, wenn nicht gar einzige Wahl.

Aber dennoch hatten Cassandra und Gunther unzählige Fragen und er hatte sie geduldig und so ausführlich er konnte beantwortet. Manche sogar mehrmals.

»Nun ja«, hatte seine Tante vor ein paar Minuten letztendlich zusammenfassend erklärt.

»Jedenfalls bin ich froh, dass jetzt wieder Ruhe in unserem kleinen Städtchen einkehren kann.«

Darauf hatten sie angestoßen, waren dann in Schweigen versunken und jeder hing nun mehr oder weniger seinen Gedanken nach.

Schließlich trank Grant den letzten Schluck Bier und stand auf.

»Ich denke, es ist Zeit.«

Sie verabschiedeten sich mit mehreren Umarmungen voneinander und versprachen sich, sich bald wieder zu sehen. Dann setzte Grant aus der Auffahrt zurück und fuhr in Richtung Highway.

Einen kurzen Stopp legte er auf dem Weg im Sheriffsbüro ein und verabschiedete sich von Tench, der in der Stadt verständlicherweise der Held der Stunde war. Die drei Killer waren verhaftet. Ein vierter Mitverschwörer in der Nähe von Portland in einer Hütte festgenommen worden.

Grant wollte den Ruhm nicht für sich. Tench war ein guter Mann und er würde aufgrund dieses Erfolges über Jahre hinaus fest im Sheriffsattel sitzen. Das tat der Stadt gut und war wichtiger als ein paar Momente flüchtiger Anerkennung.

Eine halbe Stunde später bog er auf den Highway ein. Er hielt an der ersten Raststätte an und kaufte sich einen Kaffee, schwarz, wie er ihn liebte. Trank den ersten Schluck im Auto und genoss den wunderbaren Geschmack.

Dann fuhr er wieder auf den Highway in die Nacht hinein. Er hatte sich vorgenommen die Nacht durch zu fahren. Das Abenteuer konnte weitergehen.

Er kurbelte das Fenster herunter und genoss die herein wirbelnde, angenehm kühle Luft.

Epilog, Alpino Falls, zwei Tage später

Nachdem die Sonne über der Hügelkuppe untergegangen war, verließ Dent Hicksen das Farmhaus und trat in die Nacht hinaus. Die Grillen zirpten und erfüllten die Luft mit ihren friedlichen Lauten.
 Der Mais wogte in einer sanften Brise. Er ging ein paar Schritte, vertrat sich die Beine und ging dann ohne genaues Ziel auf dem Hofgelände herum.
 Trudy registrierte zwar, dass er da war, beachtete ihn darüber hinaus aber nicht weiter. Hicksen grinste amüsiert. Fast genauso war es bei Flora, die seit einer Stunde vor dem Fernseher vor irgendeiner Gameshow hockte und kaum bemerkt hatte, dass er das Haus verlassen hatte.
 Und Horace war nicht einmal auf dem Grundstück. Nachdem sie am Nachmittag zusammen den Traktor repariert hatten, war er in die Stadt gefahren.
 Hicksen zündete sich eine Zigarette an und schlenderte auf den Schotterweg in Richtung Indianerfelsen hinaus. An der Stelle, an der der Weg auf die Straße traf, blieb er stehen.
 Er nahm einen tiefen Zug und blies den Rauch in die sternenklare Nacht.
 Vor ihm in einiger Entfernung breitete die Stadt sich in der Senke wie ein Lichtermeer aus. Nein eher wie eine Insel aus Licht. Im weiten Dunkel der Maisfelder. Bis zur Ernte waren es jetzt nur noch wenige Tage.
 Und nicht weit von ihm erhob sich auf der rechten Seite das Wäldchen über den Indianerfelsen.
 Links davon lag irgendwo die platt getrampelte Lichtung, auf der man

die erste Leiche entdeckt hatte. Und kurze Zeit später die Vogelscheuche. Quasi direkt vor seiner Haustür. Eine Frechheit.

Er musste grinsen. Dann sog er den Speichel hoch und spuckte ihn auf die Straße.

Diese ganze Geschichte war ein Witz. Aber in der Stadt sprach man von nichts anderem. Die drei bzw. vier Killer, die aus Chicago hierher in ihre Heimat zurückgekehrt waren, um blutige Rache zu nehmen.

Er musste wieder grinsen. Dann inhalierte er einen weiteren tiefen Zug seiner Zigarette.

Und die man zuerst fälschlicherweise für einen neuen Sasketoon gehalten hatte.

Er grunzte verächtlich. Das war lächerlich. Diese Stümper waren Dilettanten. Platte, grobschlächtige Idioten, und keineswegs ein Künstler so wie er.

Wie hatten sie sich anmaßen können ihm, dem großen Sasketoon nachzueifern. Nun ja, sie hatten die Quittung dafür bekommen. Auch wenn er zugeben musste, dass zumindest ihre Vogelscheuchen ähnlich anmutig gewesen waren wie seine eigenen vor so vielen Jahren.

Er paffte einen weiteren Zug in die Luft.

Dann sah er wieder hinunter auf seine Stadt, sein County. Und die Weite, auf der es sich erstreckte.

Nach ein paar Minuten war er mit der Zigarette fertig und schnippte sie auf den Asphalt. Dann trat er den Rückweg an. Aber er ging nicht über den Schotterpfad.

Er tauchte in den Mais ein, verschwamm geradezu mit ihm.

Das hier war seine Umgebung, seine naturgemäße Bestimmung.

Niemand würde je hinter das Geheimnis kommen, das sich hinter seiner Kunst verbarg.